徳間文庫

人狼

今野敏

徳間書店

序章

その日、池谷昭治は運が悪かった。

残業で、帰りが遅くなった。中間管理職の池谷は、部下に仕事を押しつけるわけにもいかず、結局遅くまで残ってしまうことになる。

最近、夜遅くに会社から駅まで歩くのが嫌だった。

深夜の池袋は、けだるい危険に満ちている。

腐った残飯の臭いが、暑い季節であることを告げている。

少女たちは、肩や胸や太腿《ふともも》を露出し、それを若い男たちの視線が追う。

サラリーマンの、池谷は思う。

いつから、こんな街になってしまったのだろう。

もう二十年もこの道を歩いている。サンシャイン60から駅へ向かう道だ。途中には映画館や東急ハンズがあり、ファーストフードなどの飲食店が並んでいる。

昔は、こんなに剣呑《けんのん》な雰囲気ではなかった。飲食店は多かったし、近くにささやかなホテル街や風俗店街もある。しかし、夜が更ければ静かなものだった。

それが、このところ、夜が更けるに連れて通りは賑《にぎ》やかになる。

若者が、シャッターを降ろした店先やコンビニの周り、ファーストフードの店の前などにたむろしている。

だらしのない恰好《かっこう》をした少年たちだ。シャツの裾《すそ》は外にだらりと出しているし、膝丈《ひざたけ》のだぶだぶのズボンをはいている。

あるいは、タンクトップに迷彩服。トレーニングパンツのようなものをはいている若者もいる。

池谷が若い頃は、こんな恰好で街に出るなど信じられなかった。

そのだらしのない恰好をした少年たちが、ひどく危険な雰囲気を醸《かも》し出している。眼つきが悪い。

仲間とつるんで、何か起きるのを待ちかまえているようだ。明らかに中学生とわかる少年が、地べたに座り込み、平気で煙草をふかしている。

少女も地面にしゃがんだり、ビルの前の段に腰を下ろしたりしている。

たまに仕事で遅くなってこの通りを歩くと、心底身の危険を感じる。四十過ぎの中年男にしてみれば、異世界に迷い込んだようなものだ。

そして、その夜は、恐れていたことが起きてしまった。

一人の少年が、池谷の行く手を遮るようにふらりと近づいてきた。眼がとろんとしている。溶剤の臭いがした。

池谷は知らんぷりをした。脇を通り過ぎようとすると、少年は、池谷の前に立ちはだかった。

池谷は、さらにその脇をすり抜けようとした。少年が、池谷の肩をつかんだ。

「電車賃、貸してよ」

池谷は、その手を振りほどこうとした。気がつくと、周囲に少年が集まってきていた。

池谷に声をかけた少年以外に三人いる。池谷は辻《つじ》で少年に囲まれていた。

正面に立った少年はさらに言った。

「なあ、電車賃貸してよ」

池谷は気が弱い。こういうときどうしていいかわからなくなる。道路に座り込んだ少年や少女たちが、こちらのほうを見ている。

「ふざけるんじゃない」

池谷は言った。何とかその場を立ち去りたかった。

別の少年が言った。

「おっさん、思いやりって言葉、知らねえの？」

恐怖で頭がしびれたようになる。最近の若いやつらは何をするかわからない。

走って逃げ出そうと思った。一歩踏み出したとき、正面にいた少年に、いきなり腹を殴られた。強い衝撃を感じる。物理的な衝撃ではなく、心理的な衝撃だ。

「そういう態度だと、電車賃だけじゃ足りなくなるな」

別の少年が言う。

「ちょっとこっち来いよ」

池谷は、四人の少年に取り囲まれたまま引きずられるように、人気のない場所に連れて行かれた。駐車場のある細い路地だ。このあたりは、一歩脇道に入ると、とたんに人通りがなくなる。

一人が膝を腹に飛ばしてきた。四人のうちの誰かはわからない。池谷は息が止まり、思わず体を折り曲げた。

その顔面にまた、膝が来た。

目の前が眩《まぶし》く光る。鼻の奥がきな臭くなり、膝から力が抜ける。崩れ落ちた池谷の全身を、スニーカーが襲った。全員で蹴りつけてくる。

池谷は身をよじるしかなかった。

誰かが笑い声を上げていた。楽しくてしようがないという声だ。

ワイシャツや背広が血まみれになっていく。鼻や唇から出血している。

このままだと殺される。池谷は本気でそう思った。少年たちの蹴りには容赦がない。

一所懸命働いて、妻と子を養い、毎月わずかな小遣いで我慢している。このガキどもはその金を巻き上げようというのだ。

彼らに対して何もしていないのに、ただ中年だというだけで、袋叩きにあっている。池谷は腹が立った。だが、どうしようもなかった。

次第に意識が薄れていく。

不意に、少年たちの攻撃が止んだ。池谷は、そっと目を開けた。意識が朦朧《もうろう》としている。

少年たちが、何かを見ている。

何だろう……。

やつらは何を見ているのだろう。

突然、肉を打つ音が聞こえてきた。悲鳴と怒号が交差する。

少年たちが、口々に何かを喚《わめ》いている。

どれくらいそれが続いただろう。あたりは静かになった。

池谷は、そっと眼を上げた。周囲に、四人の少年が倒れている。

そろそろと上体を起こす。ずきんと右の腕が痛んで、思わず声を上げそうになった。

池谷は、ぎょっとした。

大きな人影が見えた。水銀灯の光が向こう側から差しており、逆光になって顔は見えない。

人間離れした体格をしている。最初にそう思った。

今まで逆光になっていた人影がわずかに移動すると、暗がりにその顔が見て取れた。

池谷は、息を呑んだ。

その男は、いきなり駆けだした。たちまち、脇の路地に消えていく。入れ替わるように、ある集団が現れた。皆同じ服装をしている。Tシャツの上に迷彩のベストを着て、黒いキャップを被っていた。

「だいじょうぶですか?」

黒いキャップの一人が声をかけてきた。

池谷はまだ茫然としていた。

「怪我をしましたか？　救急車を呼びますか？」

救急車？　街中で殴られたことなど初めてなので、これが救急車を呼ぶほどのことなのか判断がつかない。

ぼんやりしていると、黒いキャップの男は言った。

「安心してください。われわれは、ＣＲです」

「ＣＲ……？」

「シティーレンジャーです。この少年たちに襲われたのですね？　今、警察に連絡します」

シティーレンジャーとかいう連中の噂は聞いたことがある。自警団のようなものだ。見たところ、皆若い連中だった。

ＣＲと名乗った中の一人が無線で誰かに連絡を取っている。

「一人で、こいつらをやっつけちゃったんですか？」

ＣＲのメンバーが尋ねた。

「やっつけた？　私が？　冗談じゃない」

「じゃあ、これ、どういうことです？」

池谷は、ぶるっと身震いした。

「俺は助けられたんだ」

「助けられた？　誰に？」

「信じられないかもしれないが……」

池谷は、再び背筋に震えが走るのを感じた。「狼男だ」

CRのメンバー全員が、ぴたりと身動きを止めた。

「狼男ですって？」

「そうだ。私を助けてくれたのは、毛むくじゃらの顔をした、狼男だったんだ」

1

気づかぬうちに、季節が変わっていた。

めまぐるしく日々が過ぎて行き、残暑が厳しいと言っていると思ったら、いつしか秋は深まり、やがて、木枯らしの季節がやってきていた。年々、日が経つのが早くなっていくような気がする。

寒くなると、左膝の古傷が痛む。梅雨時と冬先はいつもだ。最近は出歩くのも億劫《おっくう》になっていた。

幸い、外を歩き回らなければならない仕事ではない。整体院にいれば、患者がやってくる。私の整体院は、港区元麻布二丁目にある。広尾の駅から歩いて十分ほどのところだ。もっとも、私の足ではもっとかかる。

整体院は四階建ての小さなマンションの一階にあり、仕事場と住居を兼ねている。入り口の脇には「美崎整体院」という看板がかかっており、その横には、美崎照人《みさきてると》という私の名前の表札がかかっている。

一人暮らしなので、住むのに広いスペースは必要ない。ＬＤＫと寝室があり、それでも贅沢《ぜいたく》だと思っている。

私はさきほどから、自分の左膝をてのひらで温めるように撫《な》でさすっていた。

「それでさ、ぜひ紹介したいんだよ」

施術用のベッドに腰かけた能代《のしろ》が言った。

能代春彦は、冴えない中年男だ。見かけがもうちょっとましなら、依頼が増えるだろうにと思う。彼は私立探偵だった。

依頼がたくさんあって懐が潤っているなら、ましな恰好ができるのかもしれない。卵が先か鶏が先か……。世の中、ままならない。

「俺の仕事の営業をやってくれるとは思わなかった」

「いい男なんだよ。四十過ぎてまだトレーニングに精を出している。弟子相手にがんがん組み手をやってるんだ。だが、さすがに無理が利かなくなってきてな、肉体のメンテナンスをしてくれる人を探していたんだ」

どんな患者であれ、文句を言える立場ではない。懐具合を考えれば、患者は多いに越したことはない。このマンションの部屋のローンは、なかなかきつい。

だが、能代が紹介してくれるという男は、かつて修拳会館で指導員をしていたという。

実は、私も修拳会館に所属していたことがある。

若い頃には、世界大会を目指して猛練習をしていた。大会で優勝する選手が世界一偉いと信じ込んでおり、生活のすべてを空手に注ぎ込んでいた。

いつもへとへとに疲れていた。筋肉痛や打撲傷がないと物足りないと感じる日々だった。だが、二十歳の年の予選で、私は左膝にもろにローキックを食らい、そのまま入院した。当たり所が悪かった。その瞬間に私の世界大会出場の夢は永遠に絶たれた。私はそれ以来、杖をついて歩いている。もちろん、修拳会館は辞めた。

そんな昔のことは忘れたはずだった。悔やんでも左の膝は元通りにはならない。だが、私よりも年上で、まだばりばりと組み手をやっている男がいると聞くと、やはり心が騒ぐ。あのまま、怪我をせずに修拳会館の空手を続けていたらどうなっていただろう。おそらく、今の暮らしのほうがいいに決まっている。

だが、私は、そう割り切ってすべてを忘れられるほど人間ができているわけではない。

「とにかく、明日の午前中に連れてくる」

能代は否応なく言った。

私は、予約表を確認する振りをした。明日の午前中に予約が入っていないことはすでに知っている。

「わかった」

私はそう言うしかなかった。

断る理由はない。いや、理由を説明したところで、能代にはわかるまい。それに、私には、能代の頼みを断れない弱みがある。

能代は気にしていないと言ったが、私はまだ忘れることはできない。

予約の時間に十分遅れて、能代は黒岩豪《くろいわごう》を伴って整体院に現れた。

黒岩豪は想像したとおりの体格をしていた。身長は百八十センチくらい。体重はおそらく九十キロを超えている。大胸筋と広背筋、そして、大腿部《だいたいぶ》の筋肉が発達している。それが、ジャケットとゆったりしたズボンの上からでもわかる。

首の太さは、ほとんど顔と同じだ。髪を短く刈っており、三十代の前半にしか見えない。目が大きく、それが威圧的な感じがした。

「初めまして」

黒岩豪は言った。笑うと、嘘のように人なつっこい印象になった。目尻の皺《しわ》のせいでいかにも人がよさそうに見える。

私は、どこか特に気になるところがあるかと尋ねた。

「腰がね……。蹴りの練習をした次の日なんかは、さすがに辛くなってきました。それに膝もなんかぎくしゃくするし……。筋肉の疲れも抜けにくくなってきましてね……」

私はうなずいた。

「かなり酷使されているようですね」

「体は鍛えれば鍛えるほど強くなると思っていたんですが……」

また、にこりと笑う。「耐用年数があるみたいですね」

私は、その笑顔につられて、ほほえんでいた。

「使い方次第ですよ」

「無茶したからなあ……」

黒岩豪は、照れくさそうに言った。「ただ体をいじめればいいと思っていました。それが鍛錬だと勘違いしていたんです」

「体をいじめるのが鍛錬ですよ」

私は言った。「それは間違いありません。いじめた後に、どうやって休ませるかが大切なんです」

「そういうことも含めて、教えていただければありがたいんですが……」

黒岩豪の言葉は謙虚だった。

私にはちょっと意外だった。

フルコンタクト空手の指導員で、いまだに現役の気分でいるとなると、どうしても粗野なタイプを想像してしまう。あるいは、独善的な自信家だ。

だが、黒岩豪は予想とまったく違っていた。不思議な魅力があった。笑うと子供のような顔つきになる。その大きな眼には思慮深い光が宿っているように感じられる。

体も大きいが、人間も大きい。ちょっと話をしただけでそれがわかった。

まず、動診をしてみた。体を前後左右に曲げさせたり、捻《ひね》らせたりして歪《ゆが》みを測定する。

そして、施術台にうつぶせにさせて触診を試みる。

動診と触診は、通常の施術の流れだ。黒岩の体は柔軟だった。四十代の体とは思えない。

私は、このところの運動不足を密かに恥じた。

私は、今年三十九歳になった。四十代の一歩手前だ。油断をすればすぐに腹に贅肉が付く年齢となった。

黒岩の筋肉もまだ柔軟だ。だが、骨の歪みは著しかった。骨盤が歪んでいるし、頸椎《けいつい》、腰椎、胸椎、いずれにも歪みが見られる。

腰の起立筋にひどい張りがあり、膝もかなり傷んでいる。半月板はなんとか無事だが、このまま無理な蹴りのトレーニングなど続けると、いずれはだめになる。

「接近戦が得意ですね」

触診を終えると私は言った。

黒岩は大きな目を丸くして私を見た。

「わかりますか？」

「がんがん前に出ていくタイプでしょう？」

「そうです。触っただけでわかるんですか？」

「膝ですよ。ローキックを膝で受けて前に出ていくんでしょう？」

黒岩は再び照れくさそうに笑った。

「性分でしてね。多少食らっても、前に出ていく。それが若い頃からの戦い方でした」

「いつまでも、そんな組み手じゃもちませんよ」

つい余計なことを言ってしまった。

私は、彼の空手のスタイルに口を出す立場にはない。

黒岩は気にしていない様子だった。気にしないどころか、熱心にうなずいた。

「それなんですよ。先生も昔は修拳会館におられたんでしょう。有望な選手だったそうじゃないですか。先生が修拳会館を辞められたのが、二十年ほど前のことだとか……。ちょうど私と入れ違いですね。私は、入門してから約二十年なんです」

私は、能代を見た。能代は受付の椅子に腰掛けている。眼が合うと、居心地悪そうに身じろぎした。能代が、黒岩に話したのだ。

「試合で膝をやられました。ローキックを食らったんです。それ以来、杖をついて歩いています」

「でも、それからも空手を続けたんでしょう？　沖縄へ行って……」

能代はそんなことまで話したのか……。

「リハビリですよ」

「でも、空手でしょう？」

「あなたたちのやっている空手とは違います」

黒岩はちょっと傷ついた顔をした。

「どう違うのです？」

「沖縄で私に空手を教えてくれたのは、七十歳を過ぎた老人でした。年を取った人や、足が多少不自由でもできる空手です」

批判めいた口調になってしまった。

私は口惜しいのかもしれない。黒岩は、私が二十歳で諦《あきら》めてしまった世界に、いまだにいるのだ。

「そう……」

黒岩は、思案顔になった。「私も年をとっていく。体だって、若い頃のようには動けなくなっていく。これから、どうしたらいいだろう。そんなことを考えていましてね……」

私は、こたえなかった。

こたえられる立場にはない。私はただの整体師だ。黒岩と違い、空手でメシを食っているわけではない。

私は施術を始めた。

まずは、こちこちに固まっている筋肉をほぐしていく。腰椎の脇の起立筋、大腿部前部の直筋、後部の二頭筋、アキレス腱《けん》周辺などが特に凝り固まっていた。

仕上げに、椎骨の矯正《きようせい》をする。どうせ、すぐに歪んでしまうが、しつこく矯正を繰り返すことが大切だ。そうすると、自然に体が本来の姿を思い出してくれる。

三十分ほどで施術を終えた。

「週に一度、通ってこられますか？」

「治療の時間はどれくらいですか？」

「一時間見ていただければ充分です」

黒岩はうなずいた。

予約表に黒岩の名前を入れる。一週間後の午前十一時だ。

「今日は、これで終わりかい？」

能代が声をかけてきた。

私は、能代が腰掛けているところへ行き、言った。

「そこをどいてくれないか。紹介者や付き添いは待合室で待っているもんだ」

能代は立ち上がって、椅子を私に譲った。私は、施術記録を付けはじめた。医者のカルテに当たるものだ。

黒岩はカーテンの向こうで着替えをしている。受付のデスクの脇に立った能代が言った。

「なあ、先生。狼男の噂、どう思う？」

私は思わず顔を上げて、能代を見た。唐突な話題だった。

噂は知っている。

狼男が出没して、非行少年グループや暴走族などを痛めつけているという噂だ。最近はマスコミでも取り上げている。

なんでも夏頃から時々現れては、非行少年たちをやっつけているということだ。

「狼男がどうかしたのか？」

能代は、小さく肩をすくめた。

「いやね……。あんたがどう思ってるかと思ってさ」

私は、施術記録の用紙に眼を戻した。

「別に何とも思っていない」

本当のことだった。狼男の噂など気にしたことはない。

「いまだに正体がわからないらしい」

「本当に狼男なんじゃないのか？」

「現れるのは、満月の夜と決まってるわけじゃない」

私はあきれて、能代を見た。

「誰かが、マスクか何かをつけて、非行少年たちを殴って歩いている。ただそれだけのことだ。俺には関係ない」

「恐ろしく強いらしい」

能代が言った。「なにせ、相手は武器を持った複数のガキどもだ。それをたった一人で、しかも素手でやっつけるらしい」

私は能代の真意をはかりかねた。

「強いやつは、世の中にいくらでもいる。だから、どうしたというのだ？」

能代は、言葉を探している様子だった。

煮え切らない態度だ。

黒岩が着替えを済ませて、カーテンの向こうから現れた。

そこで、能代との話は終わりになった。いったい、何だったんだ？

黒岩は、初診料と施術料を払って、能代とともに整体院を出ていった。

「狼男だって？」

私は一人になると、声に出してつぶやいた。「悪ガキを懲らしめてくれるなら、けっこうなことじゃないか」


その日の午後に、赤城が腰の治療にやってきた。

赤城竜次は、警視庁の刑事だ。四十五歳の警部補だった。ずんぐりした体格に太い首。浅黒い顔の冴えない中年男だ。

だが、人は見かけによらない。彼はカリフォルニアで生まれ、小学校までアメリカンスクールで過ごしたのだそうだ。警視庁では、その英語力が重宝がられているらしい。

赤城は、機嫌が悪そうだった。これはいつものことだ。しかめ面をしているのは、腰の調子が悪いせいかもしれない。

「ぎっくり腰一歩手前って感じだよ」

赤城は言った。

「ちゃんと治療に来ないからですよ」

「なかなか忙しくてな」

赤城の腰が悪いのは、不摂生のせいもあるが、柔道の古傷が原因だった。若い頃の無理は、中年過ぎに必ず祟《たた》ってくる。

赤城は、少し調子がよくなると、すぐに治療に来なくなってしまう。そして、またひどくなるとやってくるのだ。

商売を考えると、なかなかありがたい客かもしれない。だが、整体師泣かせであることも確かだ。いつまでたっても治癒しない。

「体重を少し減らしたほうがいいですよ」

施術台にうつぶせになった赤城に、私は言った。

「少しって、どれくらいだ？」

「四、五キロは落としたほうがいいでしょう」

赤城はうめいた。

「ダイエットなんて、柄じゃねえな……」

「腰が楽になりますよ」

赤城は唸《うな》っただけだった。了解の意味か、抗議の意味かはわからなかった。

とにかく、施術だけはちゃんとした。まず、骨盤の矯正をし、背中から腰にかけての筋肉をすべてほぐし、腰椎の矯正をした。しばらくは楽になるはずだ。

施術を終えると、浅黒い顔にわずかに血の気が差していた。赤城は溜め息まじりに言った。

「ああ、生き返ったような気分だ」

「週に一度は来てください。そうすれば、もっと楽になります」

私は施術記録を付けはじめた。

カーテンの向こうから、着替えをしている赤城の声が聞こえている。

「世の中から犯罪が減ってくれりゃ、俺だって少しは楽になるさ」

「自分の健康と仕事を引き替えにするんですか？」

「健康？」

カーテンが勢いよく開いた。赤城は笑っていた。「先生の生き方を知っている者にとっちゃ、あまり説得力がないな」

「健康の大切さをいやというほど知っているから言ってるんですよ」

私が沖縄を旅したのは、東京から逃げ出したかったからだ。膝を壊したときに、何もかも失った。

世界大会に出場するという目標だけではなかった。当時付き合っていた女性を失った。彼女は自殺したのだ。

彼女の名は、能代育子。能代春彦の娘だ。彼女がどんな問題を抱えていたのか、私にはわからない。わかろうとしなかったのだ。

自殺の原因など他人にはわからないと言う人もいる。いや、本人にもわからないのかもしれない。正常な判断力があれば、人間は自殺などしない。

私は、自分を責めた。育子が自殺したのは、私のせいだと思っていた。逃げるように沖縄に行った私は、酒に溺れ、ホームレスとなっていた。今思えば、本当に死にかけていたのだと思う。

生きていても仕方がないと思っていた。そんな私を救ってくれたのが、具志川《ぐしかわ》市に住む上原正章老人だった。

黒岩に話したように私は、沖縄で空手を習った。それまでやっていたのと、まったく違う空手だった。教えてくれたのは、上原老人だ。

彼は、幼い頃から父親に空手を仕込まれたと言っていた。親戚や近所の男たちはたいてい空手をやっていたという。練習相手には事欠かなかったようだ。

上原老人の空手は、伝統的な沖縄の空手だった。棒術と整体術も同時に習った。上原老人によると、昔、沖縄で空手といえば、棒やトンファ、サイなどの武器といっしょに習うものだったという。そして、独特の治療術である整体も伝えられていた。

私は、上原老人のおかげで生き返った。それまで、胃腸や肝臓がぼろぼろだったのだ。医食同源は中国だけではない。沖縄の伝統的な食事も、内臓を丈夫にしてくれる。

「まあ、俺たちも体が資本だからな」

赤城は言った。「努力してみるよ」

「しばらく、定期的に通ってください」

「ああ、できればな……」

赤城は、どっかと施術台に腰を下ろした。彼は、治療に来るたびに世間話をしていく。煙草を取り出した。

私は言った。

「煙草は遠慮してください」

「いいじゃねえか。他に患者はいないんだし……」

「部屋に臭いがつくんですがね……」

私は立ち上がり、待合室から灰皿を持ってきた。喫煙に関しては、医者ほどうるさく言うつもりはない。

赤城は、ジッポーのオイルライターで煙草に火を付けると、うまそうに煙を吐き出した。

私は、午前中の能代の話がなぜか妙に気になっていた。

赤城に尋ねた。

「噂の狼男を、警察はどう考えているんです?」

赤城は、眼を細めている。煙が目に染みるのだろうか。細めた眼で私をしばらく見ていた。

「なんでそんなこと訊《き》くんだ?」

やはり、唐突だったらしい。

赤城は、私が能代に対して思ったのと同じことを感じているに違いない。

「警察が手を焼いている不良どもをとっちめているんでしょう。そういう場合、警察はどういう判断をするのか、興味がありましてね」

赤城の眼に今までになかった厳しい光が宿る。ヤクザにも似た凄味《すごみ》があった。

赤城は、煙草をもみ消すと言った。

「法に抵触しなければ、どうってことはない」

「でも、暴力を振るっているんでしょう? 考えようによっては、犯罪じゃないんですか?」

「傷害罪だとでも言いたいのか、先生。街中の喧嘩だよ。そんなものをいちいち事件にしてたら、警察はたちまちパンクだ」

「なんだか、頼りない発言に聞こえますね」

「本当のことだ。何かあるごとに、マスコミは警察が怠慢だ何だと騒ぐがね、何でもかんでも警察がやってくれると思ったら大間違いだ。昔は、もっと自分たちの問題は自分たちで始末したもんだ」

赤城は、もう一本煙草を取り出し、火を付けた。

「近所のピアノの練習がうるさいといっては警察を呼ぶ。犬が吠えるといっては警察を呼ぶ。家の前に車が停まっているといっては警察を呼ぶ。ストーカーだといっては警察を呼ぶ。喧嘩だといっては警察を呼ぶ……」

赤城は、うんざりだというふうにかぶりを振った。「地域のことはたいてい地域で片づけたんだよ。近所の人たちが知恵を出し合ったり、協力しあってな。それが今じゃ、自分たちでは何もせずに、すぐに警察だ」

「時代なんでしょう。村や町内会がちゃんと機能していたのは、はるか昔のことです。都市の宿命ですよ。警察はそれに対応すべきでしょう」

「都市の宿命か。けっこう。だがな、東京の人口に対する警察官の数は、ニューヨークに比べるとずっと少ない。人手不足なんだよ。警察官はみんないっぱいいっぱいなんだ」

「それで、腰を治療する暇もないと……」

「そういうことだ。狼男だって？　昔の頑固じじいやちょっと怖い兄さん方の代わりに、ガキどもをとっちめてるんだ。たいていは、ガキどもが複数で、しかも武器を持っている。狼男は素手だ。これじゃ傷害罪なんか成立しない」

「警察は歓迎しているということですか？」

赤城は、顔をしかめた。

「ところが、警察というのはそれほど単純なところじゃない。いずれは重大な犯罪に結びつくかもしれないと、警戒している連中もいる。生活安全部の保安課や防犯特捜なんかは、けっこうぴりぴりしている」

「最近、自警団みたいなものもけっこう話題に上っていますが、それとは違うと……？」

「自警団か……」

赤城は、さらに苦い顔になった。「ガーディアン・エンジェルスというのは知っているだろう。ニューヨークで始まったボランティア活動だ。それが今では世界的な組織になり、日本にも支部がある。日本の支部は、何年か前に『特別非営利活動法人』だかなんだかの認可をもらった。監督官庁は当時の経済企画庁だった。だが、最近、それを真似た団体も現れた」

あまり好ましくないような口振りだ。

「それが問題なのですか?」

「ガーディアン・エンジェルスは、ボランティアの地域活動だ。それなら歓迎だ。しかし、警察は自警団を警戒する。理念は立派かもしれない。だが、組織というのは、いろいろな人間を抱え込んでいる。犯罪を助長することにもなりかねない。幾つもの自警団ができて縄張り争いなど始めたらどうなる? 結局は、一時期はやったチームだの何だのと似たようなことになりかねない」

要するに警察は、民間人をすべて管理下に置きたいと考えているのだ。赤城の言っていることは矛盾している。

こまごました地域の問題くらい自分たちで片づけるべきだといいながら、自主的にそれをやろうとしている集団にいい顔をしない。

だが、ここで赤城と議論するつもりはない。じきに、次の患者が来る。

私が黙って話を聞いているので、赤城はさらに話し続けた。

「最近、にわかにCRという連中の活動が活発になってきている」

聞いたことがある。CRはシティーレンジャーの略だ。ガーディアン・エンジェルスが赤いベレー帽に、黒いズボンをはいているのに対して、CRは、黒い野球帽のようなキャップをかぶり、迷彩のベストを身につけているらしい。

ガーディアン・エンジェルスは、地域の清掃なども手がけるが、CRのほうはもっぱら暴力沙汰を警戒しているという。

「そこで、あんたの言う狼男だが……」

話がそこに戻るのか。

「CRはその狼男を英雄視しているらしい。CRの中に人狼親衛隊なるものができたという話を、少年一課の連中がしていた」

「人狼親衛隊？」

「つまり、狼男の活動を助ける特別行動隊だということだ」

「CRと狼男は、連絡を取り合っているということですか？」

赤城はかぶりを振った。

「わからん。狼男の正体はいまだに謎だ。今のところ、警察の捜査の範疇《はんちゅう》じゃないんでな」

赤城の話を要約すると、こういうことになる。

狼男のことなど、気にしてはいられない。だが、CRはちょっと気になるグループだ。

そして、CRと狼男の結びつきは、きな臭い。その点が気に入らないが、別に警察があれこれ言う問題ではない。

私は、能代がなぜ、唐突に狼男のことを話しはじめたのか考えていた。

だが、次の患者が来て、思考は中断した。どうせ、考えてもわかりはしないのだ。

赤城は、規定の料金を払って整体院を出ていった。次の患者は、週に一度まめに通ってくる老婆だった。どうやら、病院にも通っているらしい。

午前中の病院の待合室は、ほとんど老人たちの集会場と化している。時間をもてあましているだけかもしれないが、そう言ってしまうのはかわいそうかもしれない。

彼女らも、さまざまな痛みや不全感を抱えているのだ。だが、私はつい、沖縄の上原老人を思い出してしまう。

都会の人間は脆弱《ぜいじゃく》だ。老人も、田舎に比べると脆弱な気がする。都市というのは、それだけ人間を蝕《むしば》むのかもしれない。身も心も。

2

午後に笹本有里《ささもとゆり》が治療に来た。有里は、大学生で新体操の選手だ。新体操というのは、見た目は優雅だが、体を酷使する。

有里も故障が絶えない。さすがに体を動かしているので治りは早いが、またすぐにどこかを傷めてしまう。

彼女も選手活動最後の年になった。彼女は大学三年だ。四年になると選手は引退なのだそうだ。

新体操の選手だけあって、プロポーションが抜群にいい。しかも目がぱっちりとした美人だ。

有里に言わせると、競技では顔も点数に影響するのだという。嘘か本当かはわからない。もし、本当なら有里はかなり得をしていたに違いない。

治療を終えると私服に着替えたが、私服のほうが露出が増える。いつもそうだ。特に、ミニスカートから伸びる形のいい脚は誇らしげですらある。

有里も赤城と同じで、施術が終わってもなかなか帰ろうとしない。世間話をしているうちに、また、シティーレンジャーの話になった。

「あ、あたし、CRに助けられたこと、あるわよ」

「CRに助けられた？」

「そう。池袋で、友達と飲んだ帰りに、三人組の男の子に声を掛けられたんだ。断ったんだけど、しつこいのよ。あったまきちゃった。そこにCRが駆けつけたの」

「ほう……。タイミングがいいな」

「夜遅くになると、いつもパトロールしているらしいよ」

「CRが男どもを追っ払ったのか？」

「夜中に街でたむろしているようなやつらだよ。簡単に引き下がるわけないじゃない」

「どうなったんだ？」

「当然、CRに食ってかかった。でも、CRは相手にしなかった」

「それで？」

「不良がCRの一人に殴りかかったの。でも、CRは殴られなかった。ぱっと身をかわしたのよ」

「それでお終いか？」

「残った二人もCRにかかっていったよ。でも、やっぱりパンチやキックが当たらないの。

ＣＲは何とか説得しようとしてた。結局、三人組は逃げてっちゃった」

「ＣＲの連中はどうした？」

「仕返しをしてくる場合があるからと言って、駅まで送ってくれたんだ。念のためだと言ってたけど……」

「何か要求されなかったか？」

「お金とかってこと？　全然」

「電話番号訊かれたりもしなかったのか？」

「先生。ＣＲってそんな連中じゃないよ。ちゃんとしたボランティア団体なんだから」

どうやら、有里はＣＲを気に入っているらしい。

「活動資金はどうしているのかな？」

「知らない。寄付とかじゃないの」

「寄付ね……」

まあ、パトロールするだけなら、それほどの金はかからないだろう。

「ＣＲは武器は持っていないんだろうな」

「武器なんて持ってないよ。そんなことしたら、罪になるんでしょう？」

たしかに、凶器準備集合罪になる。そうなれば、警察も黙ってはいないだろう。

ただの地域活動ならば、赤城の言うとおり警察は気にしない。むしろ歓迎するかもしれない。だが、武器を持った自警団となると話は別だ。

「CRは何人くらいでパトロールしてるんだ？」

「あたしが見たときは、五人だったかな……」

「狼男の噂を知ってるか？」

「聞いたことはあるよ。めっちゃくちゃ強いんでしょう？」

有里の眼が輝いたような気がした。どうやら興味があるらしい。

「あちらこちらに出没して、不良どもを痛めつけているらしいな」

「かっこいいじゃない。悪いことばっかりやってる連中なんて、痛い目にあって当然だよ。最近、物騒で女の子は安心して街を歩けないんだよ。拉致《らち》るの、流行《はや》ってるんだから」

「ラチる？」

「そう。ワゴン車なんかで近づいてきて、いきなり拉致すんのよ」

私は驚いた。

「流行ってるだって？」

「そう。けっこう被害者、いるみたいだよ。そういうことするやつらは、犯罪だなんて思ってないんだ。ナンパの一種だと思ってるだけなんだよ」

私は怒りを覚えた。

最近の若者の話を聞くにつけ、腹が立つことが多い。電車で注意されただけで、相手を殺してしまう若者。自分たちの快楽のためだけに、女性を車に拉致する若者。暴走行為を繰り返し、クラクションを鳴らされたというだけで、相手を殺してしまう若者。ふられた腹いせに相手を殺してしまう若者……。

私だって、若い頃があった。そして、若いというのは、それだけで苛立《いらだ》つものだ。人生に対するもどかしさがある。

エネルギーだけをもてあまし、やり場のない苛立ちを感じるのだ。そのエネルギーが暴走することもある。それは理解できる。

だが、簡単に人を殺してしまう現代の若者は理解できない。

我慢をしたり、自分を抑えたりということができないのかもしれない。その必要がないと考えているように見える。

有里の言い分ではないが、そういう若者を見ていると、狼男に味方したくなる。問題は、エスカレートしていくということだ。狼男にやられた非行少年たちは、必ず仕返しをしようと思うだろう。

一度やられているのだから、次はやられまいと武器を使うかもしれない。殺すつもりでやるだろう。

「ＣＲには、人狼親衛隊というのがあるらしいな」

「何それ」

「狼男の活動を支援するグループだそうだ」

「先生、何でそんなこと、詳しいの？」

「赤城さんに聞いたんだ」

「どうして、赤城さんとそんな話をしたわけ？」

「能代さんが狼男の話をしていたんでな……」

「能代さんて、私立探偵なのよね？」

「そうだ」

「先生、能代さんの手伝いをするの？」

有里が身を乗り出した。好奇心がむき出しだ。

「どうして私が能代さんの手伝いをしなけりゃならんのだ？」

「おもしろそうじゃない」

「私はただの整体師だ。しかも、杖をついて歩いている。足手まといになるだけだ」

「だって、先生、強いじゃない」

そう言われて悪い気はしないが、少なくとも、私は夜な夜な街に出て凶悪な若者たちを叩きのめそうとは思わない。

「能代さんは、患者を紹介してくれただけだ」

「なんだ、つまんない」

「俺に何を期待しているんだ？」

有里はにっこりとほほえんだ。なかなか効果的だ。ついこちらの気が緩んでしまいそうになる。

「整体の腕よ」

有里は言った。

黒岩豪の三回目の治療に、能代がついてきた。

どうも、能代の行動は気になる。黒岩はいちいち付き添わなければならないような患者ではない。

能代を待合室で待たせて、治療をした。

腰の張りは、かなり軽減されてきている。膝については、今すぐどうこうという状態ではない。無理さえしなければ、問題はない。

体中に打撲の跡があるが、フルコンタクト空手をやっているからには、いたしかたない。特に脛《すね》が紫色に腫《は》れている。おそらくローキックのせいだろう。

相手の膝や脛を蹴ってしまうと、こちらの脛も腫れてしまうのだ。

「通いはじめて、体が楽になりましたよ」

黒岩は言った。

「けっこう激しい稽古を続けておられるようですね」

「うちのスタイルは、組み手が売り物ですからね」

それはわかる。私もかつて、修拳会館にいたのだ。

治療を終えると、黒崎は施術台に腰かけたままで、話しはじめた。

「何があっても前に出ていく。それが私の選手時代のスタイルでした。だから、それを弟子に教えています。いずれは、私の会派でも試合を催したいと考えています」

「修拳会館から独立されたのでしたね」

「そうです。なかなか苦労していますよ。一時期の空手ブームのときのように、道場生が集まるわけじゃないんで……」

「そうでしょうね」

私は、独立だ新団体の旗揚げだといったことには興味はなかった。

修拳会館から独立した団体は多い。独自のスタイルを追究したいと考えて独立する者もいたようだが、多くの場合は金の問題がからんでいたという。

支部にとって、上納金というのはなかなか厳しいようだ。さらに、支部でせっかく育てた有望な選手を本部が引っこ抜くというようなこともあったらしい。

私は、本部道場で稽古をしていたので、そうした支部の苦労は知らなかった。当時は、修拳会館に何の疑問も抱いてはいなかった。ただ、世界大会に出場することだけを考えていただけだった。

「修拳会館の指導員になることは、若い頃からの夢でした。そして、実際に指導員になってみると、今度は自分自身の方法論を試したくなってきたのです。そうすると、どうしても修拳会館の指導体系からはみ出すことになってしまう。ならば、いっそのこと、自分の団体を作ったほうがいいと感じたのです」

私は、施術記録をつけながら話を聞いていた。

「大きな組織では、どうしても道場生一人ひとりに眼が届かない。優秀な選手を試合に送り出すことだけに頭がいってしまう。私は、そういうのが、どうもね……」

私は、黒岩を見た。

彼はほほえんでいた。どこか淋しげなほほえみだった。

寄らば大樹の陰という言葉もある。おそらく、黒岩は小さな団体の苦労を背負って生きているのだ。

弟子と組み手を続けているのも、不安の現れかもしれない。指導だけに専念するのが不安なのだ。体を動かしていると、その不安を忘れられるのだろう。

私はその苦労を思いやった。私には関係のないことだ。治療だけをしていればいいのだ。

だが、私は訊かずにはいられなかった。

「経済的にもたいへんなんでしょうね」

「何とかやってます。本部への上納金がないだけ楽ですよ」

「修拳会館から独立したとき、お弟子さんはみんな黒岩さんについていらしたのですか?」

「支部の全員というわけではありません。何人かは修拳会館に残りたいと言って、去っていきました」

「でも大半は残られたのでしょう?」

「ええ。ありがたいことに……」

黒岩の表情が曇った。私にはその理由がわからなかった。

戸口から能代の声がした。

「そのお弟子の中に、えらい強いのがいるんだそうだ」

能代がいつの間にか、待合室と施術室の間の戸口に立っていた。私は、能代を見た。能代がさらに言った。

「俺は、そのお弟子を探すのを頼まれたんだ」

「依頼を受けたというわけか？」

「そうだ」

「あんたは、依頼主の健康相談までやるのか？」

「まあ、時と場合による」

「待て」

私は言った。「それ以上は聞きたくない。私には関係ない」

能代はかまわずに話しつづけた。

「そのお弟子は、真島《まじま》譲治《じょうじ》っていってな、何度も修拳会館の試合に出て、いいところまで行っていた」

「聞きたくないと言っているだろう」

「真島譲治は、黒岩さんが独立するときに、修拳会館には残らず、黒岩さんについてきた。黒岩道場でさらに腕を磨いた。黒岩さんがつきっきりで鍛えたんだ。成果を試すために修拳会館のオープントーナメントに出場しようとした。だが、出場を断られたんだそうだ。オープントーナメントというのは、その名のとおり、誰でも参加できるはずだろう？　だが、真島譲治は出場できなかった。理由は説明されなかった」

黒岩が能代の言葉を引き継いだ。

「真島はひどく落ち込みましてね……。それまで、何のために苦しい練習をしてきたのか、と……。私は、責任を感じました。真島は、修拳会館に残れば、試合に出られたかもしれないのです」

能代が何を目論《もくろ》んでいるのかはわからない。だが、何かに私を巻き込もうとしている。黒岩豪を紹介したのは、そのためだったのだ。

能代が言った。

「その真島譲治が姿を消した。練習に出てこなくなった。自宅を訪ねると、アパートを引き払っていた。夏のことだ。その頃から街で妙な噂が流れはじめた。狼男が、街の不良どもをやっつけて歩いているというんだ」

黒岩が言う。

「素手で、複数の不良たちを叩きのめしているという話を聞き、私は真っ先に真島のことを思い浮かべました。指導者の私が言うことじゃないかもしれませんが、真島は間違いなく化け物です。彼の肉体そのものが凶器なのです」

「俺も探偵だから、真島を探し出すことはできるだろう」

能代が神妙な口調で言った。「だが、問題はその先だ。選手としての未来を閉ざされた若い獣をどうすればいいのか……。俺はそれを考えたとき、あんたのことを思い出した。あんたも修拳会館の試合のために生きていた。そして、膝をやられてその夢を奪われたんだ」

私は、依然として無言でいた。彼らが何を言おうと耳を貸すつもりはなかった。だが、能代のやつは巧妙だ。

まず、黒岩という男を紹介しておき、彼と私が親しくなるのを待った。それから、真島の話をしはじめた。

真島のことは、たしかに気になる。修拳会館の練習のきつさは半端ではない。特に、大会を目指している選手の練習はきつい。大会では超人的な体力と気力が要求される。それを養うには、限界を超えた練習しかないのだ。

その練習に耐えられるのも、試合で勝つという目標があるからだ。その目標を奪われたときの気持ちは、私にも経験がある。

自暴自棄になり、何をするかわからない。私は沖縄を旅して、酒で体を痛めつけていた。

緩慢な自殺だった。育子のように、すっぱりと自分の命を絶つことはできなかった。その代わりに、いつ死んでもおかしくない生活を続けていたのだ。

真島が、狼男のマスクをつけて街で暴れているのだとしたら、その気持ちはわからないではない。私は自分を痛めつけた。真島は他人を痛めつけている。

怒りをぶつける対象が違うだけだ。

黒岩も傷ついているだろう。彼が独立さえしなければ、真島は試合に出られたかもしれないのだ。

狼男は本当に真島譲治なのだろうか。

真島が姿を消した時期に、狼男の噂が立ちはじめた。ただそれだけだ。

狼男はおそろしく強いという。修拳会館の大会に出場するほどの選手なら、街中の不良など何人束になってもかなわないことも確かだ。

だが、世の中には強いやつなどいくらでもいる。

狼男が真島だとは限らない。

私が黙っているので、二人は勝手に話し続けた。

「真島が街で暴れているのだとしたら、私の責任です。私は、真島を見つけだして何とかしなければならない。だから……」

照れくさそうに笑みを浮かべる。「だから、体をできるかぎりいい状態にしておきたくて……」

私は黒岩を見た。

ついに、私は黙っていられなくなった。

「真島と戦うというのですか？」

「できれば、それは避けたい。でも、彼は私を怨《うら》んでいるはずです。会えば、戦うはめになる。そう覚悟を決めています」

「本気でかかってくる真島に勝てますか？」

黒岩はかぶりを振った。

「わかりません。真島は、怪物ですからね。でも、放っておくわけにはいきません。このままだと、今に取り返しのつかないことが起きるでしょう」

私には関係ない。勝手にやらせておけばいい。そう考えるべきだ。だが、能代は私の弱いところをついてきた。しかも、私は、能代に負い目がある。

育子のことだ。彼女が自殺したことについて、能代は私のせいではないと言ってくれた。だが、そう簡単に割り切れるものではない。

私は能代を見た。

多少怨みがましい目つきだったかもしれないが、それはしかたがない。

能代は、心配そうに私を見ていた。その姿が妙に哀れに見えた。

私は能代に言った。

「シティーレンジャーというのを知っているか？　CRと呼ばれているらしい」

能代が安堵《あんど》の表情を浮かべた。

「知っている。ボランティアで繁華街をパトロールしている連中だろう」

「CRの中に、人狼親衛隊というグループがあるらしい。狼男の活動を支援しているということだ」

「それも知っている。CRは、狼男を英雄視しているらしい」

「狼男とCRは、組織的な結びつきはないのか？」

「わからん」

能代は、思案顔になった。「CRという組織自体の正体がよくつかめない」

「メンバーを捕まえて尋ねてみればいい」

「おっかねえよ。やつら、たいてい何かの武術か格闘技をやっているらしい」

それは、有里の話を聞いて想像がついていた。攻撃をかわすだけで、相手を制してしまったのだ。ちょっとした腕前だ。

「探偵なんだろう」

「俺は、できれば楽をして暮らしていきたいんだ。浮気の調査とか身上調査とか地味な仕事をしながらな……」

「それで私を巻き込もうとしたのか？」

「そうじゃないよ」

能代は慌てた様子で言った。「本当に黒岩さんの体をまず治してもらおうと思ったんだ」

「真島の話を聞いたときに、まず俺のことを思い出したと言わなかったか？」

「そりゃそうだが、はなから巻き込もうとしたわけじゃない。黒岩さんと話し合って、あんたにまず体の治療を頼もうということになった。そのうち、様子を見て話をしようと思っていたんだが……」

「俺は頭が悪いのかな？」

私は能代に言った。能代は眉をひそめた。

「何だって？」

「あんたが、私に何をさせたがっているのかさっぱりわからないんだ。私の頭が悪いから理解できないのかな。それとも、あんたが、はっきりしたことをまだ言っていないのかな。どっちだ？」

能代は眉間に皺を刻んだまま言った。

「本音を聞きたいか?」

「あたりまえだ」

「黒岩さんは、真島と戦ってかなわなかったときのことを考えている。そのときには、あんたに何とかしてほしい」

私は、かぶりを振った。

「気は確かか? 私は見たとおり、膝を壊した整体師だ。黒岩さんは、格闘技の専門家だぞ。黒岩さんがかなわなかった相手に、私がかなうはずがない」

「俺はそうは思わない」

能代は真顔で言った。「あんたなら、何とかできるはずだ」

「冗談じゃない」

黒岩が言った。

「私は、私の方法で戦うしかない。それが、真島に対してフェアーなやり方だと思う。フェアーでなければ、私が勝ったとしても真島は納得しないだろう。しかし、あなたは違う。あなたなら、真島の知らない技を知っているかもしれない。沖縄の古流を学んだのでしょう?」

私は、部屋の隅に立てかけてある杖を見た。ビワの木でできたまっすぐな杖だ。握りの部分は長さ十センチほどの短い棒で出来ており、細長いTの字の形をしている。

黒岩に眼を戻すと、私は言った。

「あなたの体のコンディションを整えるお手伝いはしましょう。しかし、それから先のことは私には無理です」

黒岩と能代は顔を見合わせた。

能代が私のほうを向いて言った。

「手を貸してくれよ、先生」

「できることはやる。できないことをやれといわれても困る」

しばらく沈黙が続いた。

やがて、黒岩は言った。

「わかりました。私も無理なお願いをするつもりはありません。今までどおり、治療をしていただくだけでけっこうです。その代わり、心置きなく戦える体にしていただきます」

「できるだけのことはしましょう」

能代は、何だか情けない顔をしている。

もしかしたら、私は能代の顔を潰《つぶ》したのかもしれない。能代は、黒岩に私のことを話し、期待を抱かせたのかもしれない。

黒岩は、次回の予約を入れると、能代とともに整体院を出ていった。

苦いものが胸に残った。

能代の要求は、常識を外れている。そんなものに付き合う理由はない。断ったのは正しい判断だった。

理屈ではそうだ。しかし、割り切れない思いだった。私は、今し方の会話を頭から追い出そうとして、予約表に眼をやった。

3

黒岩と能代が訪ねてきてから三日経った。

この季節で一番の冷え込みだと、テレビが告げている。左膝が痛んでいた。

私は能代の話を忘れようとしていた。真島が狼男のマスクをつけて、ストリートファイトを繰り返していたとしても、私には何の関わりもない。

だが、依然として落ち着かない気分だった。能代には、申し訳ないような気がする。一方的な申し入れではあった。だが、もう少し別な言い方があったかもしれないと思った。

そして、黒岩の気持ちを考えると、気分がふさいだ。自分で育てた弟子が、自分のせいで絶望し、自暴自棄になっている。

真島は、正規の試合に出ることができず、ストリートファイトで憂さを晴らすしかないのかもしれない。

いずれは警察沙汰になるに違いない。そうなれば、黒岩はさらに傷つくだろう。

男というのは、どうしてみんなこうも愚かなのだろう。強さを追求することに、社会的な意味はあまりない。ただ単に強いだけで、社会的な地位を得られる者や、金を稼げる者はごく一握りにすぎない。

それでも、強さを追求し、証明しようとする男たちがいる。

その愚かさが男を支えているのかもしれない。何の得にもならないことに、夢中で力を注ぐ。それが本当の男の姿なのかもしれない。

ならば、今の私は、男とはいえない。

私には関係のないことだと、割り切れるならいい。だが、私は、黒岩の気持ちや能代の立場をあれこれ考えている。

窓の外から季節風が吹き抜ける音が聞こえる。冷たい風が吹いているのだ。部屋の中は温かい。

温かく安全な部屋でぼんやりしていることに、罪悪感を覚えはじめた。そんな必要はない。わかっているのだが、私は自分を責めたい気分になっていた。

「くそっ」

私は、受話器を取り上げ、能代の携帯電話にかけた。

呼び出し音が六回鳴り、能代が出た。

「真島は見つかったのか?」

私はいきなり言った。

「美崎か？」

能代は私の名前を呼んだ。

「真島の行方はわかったのか？」

私は繰り返した。

「どうしてそんなことを訊《き》くんだ？」

「気になるからだ」

「関係ないんじゃなかったのか？」

能代がうれしそうな声になった。

「あんたが期待しているようなことができるかどうかはわからない。だが、知らんぷりもしていられない。あんたには負けたよ。俺がこういう気持ちになることを見越していたんだ」

「俺はそんなに人が悪くはないよ」

「いいから、真島のことを教えてくれ」

「まだ見つかっていない」

「手際が悪いな……」

「誰もやつの居所を知らない」

「こっそり姿を消したということだな」

「あるいは、おそろしく人付き合いが悪いか、だ」

「とにかく、真島を見つけないことには話にならない」

「わかってるよ。こっちだって、必死に探してるんだ。なにせ、黒岩氏の依頼内容は、真島を見つけてくれということなんだからな」

「CRを当たってみたらどうだ？　何か知っているかもしれない」

「気が進まないが、まあ、行ってみるか……」

「何なら、付き合ってもいい」

「おい、どういうことだ？　急に協力的になったじゃないか」

「CRというのがどういう連中か、一度会ってみたい」

「まあ、こっちにとっちゃありがたいことだ。いつがいいんだ？」

「明日の午後はあいている」

「わかった。段取りをつけて連絡する」

電話が切れた。

私は、何というお人好しなんだろう。

気分が落ち込んできた。相手の頼みを断っても嫌な思いをし、引き受けても自己嫌悪を感じる。人生ままならないものだ。

翌日の午後三時に渋谷で待ち合わせた。109の地下二階に喫茶店があると言われてでかけた。私は、すっかり驚いてしまった。

109というビルは、中年男などが足を踏み入れてはいけない場所のようだ。一階から地下二階にエスカレーターで移動するだけで、眼がちかちかしてきた。

店先にはこれでもかという派手な色の衣類が並ぶ。ビルの中はほとんど十代の女性に占領されている。

喫茶店の中も若い女性ばかりだ。落ち着かない気分で、能代を待った。

能代は十分も約束の時間に遅れて現れた。どうやら、このビルの様子はまったく気にならないらしい。

「三時半に、CRの代表と会う」

コーヒーを注文すると、能代は私に言った。

「どこで会うんだ？」

「渋谷に事務所があるんだ。そこに訪ねていく」

「しかし、もっとましな待ち合わせ場所はなかったのか？」

「気にいらないのか？」

「ここは、中年男の来るところじゃない」

「気にすることはない。ただの喫茶店だ」

「このビルのことを言ってるんだ」

「ああ、マルキュウか……。女子高生の聖地みたいなもんだからな。いつからこんなビルになっちまったのか……。昔は、メンズも置いていたんだぞ」

「マルキュウ？」

「１０９のことを、若い娘どもはそう呼ぶんだそうだ」

「渋谷という街はどんどん居心地が悪くなるな」

「ああ。おそらく、日本一大人が居づらい街だ。若者たちが好き放題やっている。井の頭通りでは中学生が制服のまま、くわえ煙草で歩いているぞ」

「誰も注意しないんだな」

「誰も注意しない。注意なんぞしたら、怪我するのがオチだ。へたをすれば、殺される。まさか、日本がこんな国になるとは、俺の若い頃は思ってもいなかったな」

「無責任な言い方だな。こんな国にしちまったのは、俺たちだぞ」

「あんた、なんでも自分のせいにしちまうんだな。もっと楽に生きられないのか？」

私は何もこたえなかった。

能代は話題を変えた。

「シティーレンジャーというのは、今のところ、東京だけの組織のようだ。渋谷、池袋、新宿に支部がある。ボランティア団体で、会員の報酬はない」

「ガーディアン・エンジェルスのようなものなのか？」

「かなり性格は違うらしい。ガーディアン・エンジェルスは、地域に密着した活動をするというのがモットーだ。違法なピンクチラシをはがしたり、清掃活動などもやる。基本的に地域の住民とともに活動することを前提としている。繁華街で喧嘩の仲裁などもやるが、それがメインじゃない。だが、ガーディアン・エンジェルスのメンバーの定着率はそれほどよくない。やめていくにはいろいろな理由があるだろうが、大半は活動内容が想像と違うと言ってやめていくのだそうだ」

私はうなずいた。

「自警団のようなものを想像していた連中がやめていくということだな」

「そうだ。シティーレンジャーは、そういう連中の受け皿になっている」

「格闘技や武道をやっているメンバーが多いんだろう」

「そうだ。たいていは、何かの武道の茶帯や黒帯だそうだ。ボクシングやキックをやっていた者もいるらしい」

「年齢層は若そうだな」

「二十代が大半だ」

「だいたい様子がわかってきた」

私は言った。「やはり、ガーディアン・エンジェルスなどとは違って自警団のようなものらしいな」

「背後関係を洗っているんだが、わからん」

「代表は何者なんだ？」

「元警察官だということだ」

「なぜ、仕事にしないのだろう」

私が言うと能代はうなずいた。

「俺も同じことを考えたよ。元警察官で、会員が格闘技や武道の心得があるとなれば、警備保障の会社を作ればいい。そうすれば、金が儲《もう》かるんだ。わざわざボランティア団体にしている理由がわからん」

「会社を作るには、資本金が必要だ。その準備なのかもしれない」

「まあ、会って話を聞いてみるさ」

能代はコーヒーを飲み干すと、伝票を持って立ち上がった。

「俺の分は払う」

私が言うと能代が笑みを浮かべた。

「もっと楽な生き方をしろと言っただろう」

彼はレジに向かった。「必要経費だよ。心配するな」


シティーレンジャーの事務所は、南平台にある巨大なマンションの一室にあった。机を四つ並べて部屋の中央に島を作っている。窓際に一つ机があり、そこが代表の席だった。それぞれの机の上にはノートパソコンと電話があった。壁には、大きな地図が三枚貼ってある。渋谷、池袋、新宿の地図だった。赤いピンがいくつか刺してあった。

事務所に詰めているのも皆二十代の若者だった。やはり、迷彩のベストを身につけている。

「やあ、いらっしゃい」

三十代半ばに見える男がにこやかに私たちを出迎えた。名刺を出した。

シティーレンジャー代表・徳丸忠と書かれている。

「ごらんのとおりの狭い事務所でしてね。どうぞ、こちらへ」

衝立《ついたて》があり、その向こうに小さな応接セットがあった。低いテーブルを挟んで、椅子が四脚置いてある。

私と能代が並んで座ると、かなり窮屈だった。徳丸忠は、私たちの向かい側に腰を下ろした。すぐに迷彩のベストを着た若者が、プラスチックのカップにコーヒーを入れて持ってきた。なかなか教育が行き届いている。

「人をお探しとか……」

徳丸忠が切り出した。

「ええ」

能代がこたえた。「電話でお話ししたとおり、依頼を受けましてね。真島譲治という人物なんですが」

「なぜ、私どもを訪ねていらしたのです?」

「真島譲治は、空手の有段者でしてね……」

能代はもっともらしい口調で言った。「こちらには、格闘技や武道の心得のある会員の方がたくさん登録されているとうかがいまして……。いや、不思議なことに、誰も行方を知らんのですよ。もう、藁《わら》にもすがりたい気持ちなんですわ」

徳丸は、真剣な表情でうなずいた。親身になっているという印象がある。

「コンピュータで登録者を当たってみましょう」

徳丸は、すぐにデスクの若者に指示をした。たちまちこたえが返ってきた。

「該当者はおりません」

徳丸は言った。

「お聞きのとおりです。残念ですが……」

「そうですか……」

能代は、事務所の中を見回した。「シティーレンジャーというのは、ボランティア活動なんですね？」

「そうです」

「立派な事務所なんで驚きましたよ。安くなったとはいえ、渋谷南平台のマンションともなると、ちょっとした値段でしょう」

「ああ、この部屋はオーナーから賃貸しているんです。まあ、安くはないですが、何とかやってます」

「メンバーは何人くらいいらっしゃるのですか？」

「現在五十人ほどですね。着実に増えつつありますよ」

「活動資金はどうされているんです？」

「寄付やカンパでまかなっていますね」

「そんなに寄付が集まるものなんですか?」

「いや、毎月ぎりぎりで回してますよ。ときには持ち出しになることもある。インターネットなどを通じて、我々の理念をPRして、広く援助を求めています。最近は、ボランティアに関する理解が浸透してきまして、カンパをしてくださる方も増えました」

「なるほど……」

能代はうなずいた。

私は、徳丸を観察していた。元警察官というだけあって、たくましい体格をしている。丸顔で童顔だ。眉が太く、よく光る眼をしている。

悪い印象は受けなかった。

能代が言った。

「いや、ついあれこれ質問して申し訳ない。ちょっと興味があったもんで……」

徳丸は、笑みを浮かべた。

「我々の活動に興味を持ってくださるのは、大歓迎です。理解を深めていただいて、ご支援いただければありがたい」

私は、尋ねた。

「こうしたボランティア活動では、ガーディアン・エンジェルスが有名ですが、シティーレンジャーとガーディアン・エンジェルスの活動は、違うのですか？」

徳丸は、さらに真剣な眼差《まなざ》しになった。

「ガーディアン・エンジェルスの活動には敬意を表しています。彼らは地域の活動に参加し、失われていく地域の役割を補佐するのが目的です。しかし、それだけでは解決しない問題が多くあるのです。ある学者がニューヨークにおけるガーディアン・エンジェルスの活動の効果について調査したことがあります。それによると、たしかに窃盗などの経済犯罪に対してはパトロールの効果があったものの、暴力犯罪に対してはほとんど効果がなかったのです。私は、この報告にショックを受けました。市民がガーディアン・エンジェルスに期待しているのは、暴力犯罪の抑止力なのです」

「シティーレンジャーには、その力があると……？」

「何を重点目標とするか、なのです。我々は、若者たちの犯罪を抑止するとともに、犯罪の要因を取り除こうとしています」

「犯罪の要因というのは？」

「まず、環境です。東京の繁華街は、今や若者の無法地帯と化しています。その環境を少しでもよくしたい。性犯罪を目的として街に集まるような連中は極力排除します。暴力が目的で街に集まるような連中も同様に排除します。誰もが安心して暮らせる街を作るのが我々の目標です」

「非行少年たちの怨《うら》みを買いませんか?」

「買うでしょうね。でも、それを恐れていては何もできない。私たちは、子供たちを甘やかしすぎた。子供を甘やかす国は滅びます」

「街に集まる非行少年を実力で排除したとします。彼らは仕返しにやってくるんじゃありませんか?」

「もちろん、我々は暴力に訴えることを目的としているわけではありません。あくまでも説得を試みますよ。それでも、実力を行使しなければならないことがある。市民はそういう活動を我々に求めている。だから、ある程度の組織が必要なのです。それが抑止力になります」

「それは、警察の領分なのではありませんか?」

徳丸は笑みを浮かべた。どこか悲しげな笑みだった。

「私はかつて警察官でした。だからこそ、警察の能力に限界があることを知っているのです。かつて、地域の人々が子供たちを教育し、監視していた時代には、警察の検挙率も高く、非行に対する抑止力もありました。だが、今は違います。今の若者は、警察を恐れて

いて済むのです。大人が子供に教えるべきことを教えない時代が長く続きすぎました。その点で、我々の活動とガーディアン・エンジェルスの活動は似ています。彼らは、地域の活動の肩代わりをしているようなところがある。しかし、似ているが、違っている。我々は、大人たちが放棄した若者や子供たちへの躾《しつけ》や教育を考えているのです」

「おっしゃることはよくわかります。しかし、一歩間違えば危険ですね」

徳丸はうなずいた。

「よく心得ています。我々シティーレンジャーなど、本当はないほうがいい。なくて済む世の中が一番いいのです。しかし、実際はそうではありません。街には非行少年がたむろし、街道では暴走族が我がもの顔で走り回る。しかも、彼らは人を殺す。あなたも、いつ電車の中で殺されるかわからないのですよ。オヤジ狩りという言葉はすでに死語ですが、その行為がなくなったわけではありません。あなたが、オヤジ狩りの被害者にならないとは限らないのです。話してわかる相手なら、我々は話をします。しかし、彼らの多くは、話をしてわかる人間じゃない。少年犯罪の再犯率の高さも、それを裏付けています。彼らは確信犯であり、決して反省はしない。市民はもはや、自分で自分の身を守ることはできないのです。我々は、そんな状況を少しでも改善したいと考えているのです」

徳丸は雄弁だった。だが、その口調には押しつけがましいところはなかった。それでいて説得力がある。

信念を持っている男の言葉だ。だが、簡単に信用はできない。人は見かけではない。世の中には演技がうまいやつもいる。

私はさらに尋ねた。

「警察を退職なさった方の中には、警備保障会社を作られる方も少なくないと聞いたことがあります。シティーレンジャーを警備保障会社にせずに、ボランティアで運営しようとしたのはなぜです？」

「いくつか理由があります。まず、先立つものがなかったこと。これは重要ですね」

徳丸は笑顔になった。その笑顔が妙に爽《さわ》やかだ。演技なのかもしれない。それから、真顔になって言った。「二つ目の理由は、こうした社会的な活動を営利目的ではやりたくなかったということです。そして、第三の理由は、警備保障会社ならば、対象者と契約をしなければなりません。特定の人を守ることになります。しかし、今の東京では不特定多数の人々が傷害の被害にあったり、殺されたりする危険にさらされているのです。私たちは、その状況を変えていきたい。警備保障会社とは目的が違うのです」

「なるほど……」

「私たちは法や社会の秩序が大切だと教わって育ちました。礼儀や公徳心が社会的に重要な役割を果たすことは間違いありません。しかし、今渋谷で遊んでいる若者に礼儀はおろか、公徳心のかけらもありません。平気でガムの包み紙や吸い殻を捨てる。読み終わったマンガ雑誌もそのまま歩道に捨てていくんです。そんな連中に説教は通用しません。何か言えばすぐに逆上して殴りかかってくる。いいですか。これはすでに戦いなんです。彼らの生き方が勝つか、我々のモラルが勝つかの戦争なんです」

徳丸の眼にちらりと危険な光が瞬いたような気がした。いかにも人のよさそうな笑顔と、この剣呑《けんのん》な眼の光。どちらが本当の徳丸なのだろう。

「戦争ですか。穏やかじゃありませんね」

「そう。たいへんな時代なのです。学級崩壊という言葉をご存じでしょう。今小学校で授業ができなくなりつつある。子供たちが先生の言うことをきかない。若者たちも大人の言うことをきかない。そして、小学生は学級を破壊し、中学生や高校生は街の秩序を破壊しつづけている。これは、大人の文化に対する挑戦です。彼らは、戦いを挑んできているのです。受けて立つ覚悟がないと滅ぼされますよ」

「そういう子供たちにしてしまったのは、我々大人でしょう」

「そのとおりです。しかし、今さら時計をもとには戻せません。子供たちは甘えているだけだと言う人もいます。しかし、それは認識が甘い。今の若者たちは日本の文化の破壊者です。我々に戦いを挑んでいるのです。戦わなければ本当に日本は滅びる」

徳丸の危機感が充分に伝わってきた。

彼は、日本が滅びるという言葉を繰り返した。

私だって、新聞やテレビを見るにつけ、似たようなことは感じる。だが、徳丸のように思い切ったことはできない。

徳丸はさらに言った。

「我々はメンバーになるに当たり、厳しい資格審査を行います。パトロールに出られるのは、若者たちの手本になりうる、人格も高潔でなおかつ腕に覚えのある者でなければなりません。志は正しいが、武道も格闘技もやったことがないというメンバー希望者もいます。そういう若者には、支援部隊や連絡係、事務所のデスクワークを引き受けてもらいます」

「シティーレンジャーについてはだいたいわかりました」

能代が言った。「ついでに、もう一つうかがいたいことがあるんですが……」

「何です？」

徳丸は、落ち着いた表情だった。能代は尋ねた。

「狼男のことです。シティーレンジャーとは何か関係があるのですか？」

徳丸のおだやかな表情は変わらない。

「関係はありません。しかし、狼男の活動には賛同できる面がある。何者かは知らない。しかし、彼は市民からは歓迎され、非行少年たちには恐れられています」

「シティーレンジャーには、人狼親衛隊という集団があるそうですね」

徳丸は苦笑した。

「四ヶ月ほど前になりますか……。狼男が池袋で、オヤジ狩りにあっているサラリーマンを助けたことがあります。そこに駆けつけたCRのパトロール班が、勝手にそう名乗りはじめただけです」

能代が、無関心を装って尋ねた。

「なるほどね……。狼男と連絡を取り合ったりしているわけじゃないんですね」

「連絡など取り合えるはずもありません。我々だって、狼男がどこのだれか知らないんですから」

私は尋ねた。

「人狼親衛隊は、狼男のような活動を目指しているのですか？」

徳丸は、再び苦笑の表情でかぶりを振った。

「いいえ。我々は、まず説得を試みます。いきなり実力に訴えたりはしません。狼男に賛同できると言ったのは、基本的な考え方の方向であって、やり方に百パーセント賛同しているわけじゃないんですよ。人狼親衛隊は、もし、狼男が危機にひんしていたらいつでも助けにいくというつもりで名乗っているにすぎません」

私はうなずいた。

徳丸が、思いついたように言った。

「これから、支援者の一人が事務所にいらっしゃいます。よろしければ、いっしょに会ってみませんか？」

私は、能代の顔を見た。能代は、ぼんやりと眠たげに見える表情で笑みを浮かべていた。

「ほう、支援者？」

能代は言った。

「はい」

徳丸はこたえた。「人狼親衛隊ができるきっかけになった事件に遭遇された方なんですよ」

能代が驚いた声を出した。

「つまり、池袋でオヤジ狩りにあっていたという……？」

演技かもしれない。能代も徳丸の腹の中を探っているようだ。

「そうです」

徳丸が言った。「それ以来、我々の支援者の一人になってくださったのです」

「じゃあ、その人は狼男を見ているんですね？」

能代が、興味をそそられたような顔をして見せた。

「はい。目撃されていますね」

「そういう人の生の声を聞くチャンスなどめったにあるもんじゃない」

能代が言った。「ぜひとも、お会いしてみたいですな」

池谷昭治は、どこにでもいる中年のサラリーマンだ。今ではあまり流行《はや》らない形の眼鏡をかけており、くたびれた背広を着ている。

背は低く、体格も貧弱だ。失礼な言い方だが、オヤジ狩りのかっこうの餌食《えじき》といえる。

徳丸は、池谷に私たちのことを、探偵事務所の人たちだと紹介した。私は訂正しなかった。

「CRの活動を一人でも多くの人に知ってもらいたいと思います」

池谷はいかにも実直そうな態度で話しはじめた。「事件のことは、もうお聞きですか？

……そうですか。いや、本当にCRが駆けつけてくれたときは、頼もしいと感じましたね。

私は殴られ、蹴られて、ただ倒れているしかありませんでした。CRのメンバーたちが、救急車を呼んでくれて、警察に連絡を取ってくれたのです」

能代が尋ねた。

「あなたは、CRに助けられたんじゃなくて、噂の狼男に助けられたんだとうかがいましたが……」

池谷は、身を乗り出すようにして何度もうなずいた。

「そうなんですよ。当時は誰も狼男のことなど知りませんからね。私はびっくりしましたよ。顔が毛むくじゃらなんです。後から冷静になって考えて、マスクをかぶっていたんだとわかりました。最初は本当に狼男かと思いましたよ」

能代はさらに尋ねた。

「どんなやつでした？」

「どんなって……。狼男の仮面をつけていましたからね……」

「背の高さはどうです？　体格は？」

「見たのは一瞬だったんですよ。しかも、こっちはオヤジ狩りにあって気が動転してましたからね。記憶が正確かどうかはわかりません。でも印象ではすごく大きくて逞《たくま》しい男でしたね」

「身長がどのくらいかわかりませんか？」

「無理ですね。さっきも言ったように、気が動転していましたし、私は地面に倒れていました。それに、ずいぶん日が経っているでしょう。記憶がどういうか、こう……、誇張されましてね……、本当に巨大な狼男みたいな印象しか残っていないんですよ」

能代はうなずいた。

能代に代わって私が質問を始めた。

「シティーレンジャーをどのような形で支援なさっているのですか？」

「金銭的な面ですね。……といっても、私もしがないサラリーマンで、多額な寄付ができる立場じゃない。カンパをしてくれる人を募り、そのとりまとめをやっているんです。私のように、CRに助けられたり、世話になったりした人は着実に増えていて、そういう方々が定期的にカンパをしてくださいます」

「あなたのような方々がシティーレンジャーを支えているというわけですね」

池谷は、満足げに笑った。

「私はね、これといった趣味もない平凡なサラリーマンだったんですよ。ボランティアなんて考えたこともなかった。しかし、CRの活動を手伝うようになって、人生が変わりましたね。こういう生き方もあったんだと、しみじみ思いました。今、とても充実しています。世の中、金じゃないということがよくわかります。ボランティアの精神は、助け合いですから……」

「それは何よりですね」

私はそう言うしかなかった。

徳丸が言った。

「さて、今日は私たちＣＲのことを説明する機会を与えていただいて、本当に感謝しています。また、いつでもおこしください。どんな形でもいいからご支援いただけると、ありがたい」

私たちとの会見の時間は終わりだという意味だ。これから、池谷と打ち合わせをするのだろう。

私と能代は、徳丸に礼を言って事務所を出た。

4

ビルの間を冷たい風が吹き抜ける。

都心部というのは、近郊より気温が高いらしい。にもかかわらず、寒々しく感じられるのは、ビルとアスファルトの色のせいだろうか。

都市というのは、どんなに飾り立てても、人の営みの暖かみが感じられない。そのせいで冷たく感じてしまう。

渋谷の駅に向かおうとするのだが、私のように杖をついている人間にとってはちょっとした試練だ。

南平台のほうから渋谷駅に向かおうとすると、巨大な歩道橋を渡らなければならない。吹きさらしの歩道橋。人の生活を考えた街ではないことが、杖をついて歩いてみるとよくわかる。

それが東京という街だ。いつからか、東京はそういう街になった。そして、日本中の地方都市がそれを真似ようとしている。

「タクシーで送ろう」

能代が唐突に言った。

「いや、運動のために歩いて駅まで行く」

私は言った。「最近、運動をさぼっていたのでな……」

「いろいろと意見を聞きたいんだ。車のほうが都合がいい」

そういうことならば、断る理由はない。私は、能代とタクシーに乗り込んだ。

能代が言った。

「CRの徳丸だが、どう思う?」

「第一印象は悪くない」

私は言った。「立派な人間に見えるな」

「そうだな。だが、俺は話を聞いていて、まるで宗教団体の勧誘を受けているような気がしてきた」

「そりゃ、言い過ぎだろう」

「このままじゃ日本が滅びると言っていた」

「その点については、俺は同感だよ」

「見方が画一的だ。若者だって悪い子ばかりじゃない」

「だから、その悪くない若者たちが被害にあわないような街にしたいと、彼は言っているわけだろう」

「排除すべきやつとそうでないやつをどうやって見分ける？」

能代に言われて、私は考えた。

「話をするんだろう。徳丸が言ってたじゃないか。まずは、話をするんだって」

「信じるのか？」

「信じていけない理由はない」

「どうも、俺は、簡単に人を信じられなくてな。昔はそうでもなかったんだが……。この仕事のせいかな」

「俺も信じているわけじゃない」

私が言うと能代は私のほうを見た。

「あんたの口振りからすると、徳丸が気に入っているようだぞ」

「実はそうでもない。妙に愛想が良すぎたような気がする。俺たちは、真島のことを訊きに行ったのに、CRのことをあれこれ尋ねたんだ。不審に思って当然じゃないか？　だが、徳丸には、そんな様子はまったく見られなかった」

「CRのことをPRしたくてたまらないのかもしれない」

「それもあるだろう。しかし、そうじゃない場合だってある」

私が言うと、能代はわかっているというふうにうなずいた。

「私たちが、CRや狼男について尋ねるだろうということを、あらかじめ知っていた場合だ。しかし……」

能代がかぶりを振った。「どうしてそんなことがあり得る？」

「彼とアポイントを取ったのはいつだ？」

「昨日、あんたから電話をもらってすぐだ」

「それから、誰かに私たちのことを尋ねる時間は充分にあったな」

能代が私のほうを見るのがわかった。私は正面を向いたままだった。

「誰かって、誰だ？」

「知らない。可能性の問題だ。徳丸は元警察官だと言っていたから、いろいろなつてはあるはずだ」

能代は考え込んだ。

「だからといって、俺たちが狼男とCRのつながりについて知りたがっていることがわかるはずがない。あんた、誰かにそれを話したか？」

私は考えた。

「有里と赤城さんに話した」

「赤城？　刑事の赤城か？」

「そうだ」

能代は考え込んだ。

「警察官同士のつながりというのは、俺たちが考えている以上に密でな……。警察官が退職してもその関係はあまり変わらないらしい。徳丸が赤城とつながっていたとしたら……」

私もその可能性を考えてみた。

そして、私と能代は同時にかぶりを振っていた。

能代が言った。

「ちょっと考えられないな……。徳丸があらかじめ、俺たちのことを調べる必要などないからな……」

「探偵というのは、怪しまれるのかもしれない。特に、もと警察官ともなれば、多少の反感は持っているかもしれない」

「あんた、徳丸の反感を感じたか？」

能代に訊かれ、私はこたえた。

「いや、感じなかった。だが、それが逆に気になるんだ。うさんくさい二人が訪ねてきて、

ＣＲや狼男についてあれこれ尋ねたのに、彼はまったく反感を示さなかった」

我が家が近づいてきた。

タクシーが有栖川宮《ありすがわのみや》記念公園の脇を走っている。木々は葉が落ちて、すでに冬の装いだ。

私はこの街の秋が好きだ。だが、いつのまにか秋を通り越して、冬になってしまっていた。

今年の秋はどこへ行ってしまったのだろう。

能代が言った。

「徳丸は、人を疑うことを知らないほど、本当に人がいいのかもしれない。俺たちが考えすぎているんだよ」

私は、麻布のあたりのセピア色に暮れていく秋の夕暮れを思い浮かべながら言った。

「そうかもしれない。俺はちょっと神経質になっているんでな」

それから、思いついて付け加えた。「今度、黒岩さんの道場に行ってみたいんだが……」

「道場に……？　なんでまた……」

「どういう練習をやっているのか見てみたい。それが治療に役立つこともある」

「いいだろう。黒岩氏に伝えておくよ」

タクシーが私の自宅兼整体院の前に停まった。能代に寄っていかないかと尋ねたが、用があるという。私はタクシーを降り、能代を乗せたタクシーは走り去った。

珍しく予約の日に赤城が現れた。

私はその心がけをほめてやり、念入りに施術してやった。

治療が終わると、私はどうしても確認したくて、赤城に尋ねた。

「徳丸という人を知っていますか？」

「トクマル……？」

赤城は、大きな目をこちらに向けて怪訝《けげん》そうにつぶやいた。「それは、名前か苗字《みようじ》か？」

「苗字です。徳丸忠というんです」

赤城は考え込んだ。

「どこかで聞いたことがあるような気がするな……」

おそらく刑事の頭の中には、膨大な数の名前がしまい込まれているのだろう。赤城はその記憶をしきりにまさぐっているように見える。

本当に思い出せないようだ。

私は言った。

「CRの代表です」

赤城は、落胆したような顔をした。

「なんだ。それで聞いたことがあるような気がしたんだ」

「知り合いじゃないんですか？」

赤城はきょとんとした顔になった。

「会ったこともねえよ。なんでだ？」

「徳丸忠は、元警察官だということですから、もしかしたら、知り合いなんじゃないかと思いましてね……」

赤城は顔をしかめた。

「日本に警察官が何人いると思ってるんだ、先生」

「電話で話したこともありませんか？」

「ない」

赤城の眼に刑事独特の光が宿る。犬が得物の臭いを嗅ぎつけたときの目つきだ。「それで、先生、その徳丸とかいうやつが、どうしたってんだ？」

私は、狼男とCRの関係を探りたくて、徳丸に会いに行ったことを話した。

「どうして、そんなことに興味を持ったんだい？」

赤城が不審そうに尋ねた。

「人探しの手伝いですよ。能代さんが、依頼を受けてある人物を探している。その人物が、ひょっとしたら、狼男やCRと関係があるかもしれない。そう考えたんです」

「いったい、誰を探しているというんだ」

「それは言えません。能代さんの仕事に差し支えますからね」

赤城は、ふんと鼻を鳴らして笑った。

「まあ、いいや。俺には関係ねえ。これ以上、仕事は増やしたくないからな。とにかく、徳丸なんぞというやつには、俺は会ったことはない。話をしたこともない。それだけは確かだよ」


黒岩の道場は、埼玉県川越市の市内にあった。駅を降りると、ビルの立ち並ぶ繁華街だが、町を進むと昔ながらの風景が残っている。白い漆喰塀《しっくいべい》の大きな屋敷がある。

私はこういう古い町で暮らしたことはない。だが、なぜか懐かしさを感じる。

川越は古くから小江戸と呼ばれ、河川を利用した運送業で栄えた町だというのを聞いたことがある。

私は、池袋で能代と待ち合わせた。東武東上線に乗り、川越までやってきた。私は、能代に、あんたは来る必要はないと言った。

「ばかを言うな」

能代は言った。「これは、俺の仕事だぞ」

結局、二人で黒岩の道場へやってきた。思ったよりずっと立派な道場だった。アパートの一階が道場になっている。

今時、自前の道場が持てる空手家は少ない。いずれの団体も練習場所には苦労している。だいたいは公営の施設を借りているが、施設の都合でなかなか決まった場所で定期的な練習ができないのが実状だ。

その点、黒岩は恵まれている。

伝統派の団体よりも、フルコンタクト系の団体のほうが、自前の道場を手に入れるのがうまいような気がする。理由は私にもわからない。

それほど広い道場ではない。だが、本来空手の練習に体育館のような広いスペースは必要ない。

道場の中は汗の臭いが満ちている。壁や床に染みついた汗、壁際に干してある道着に染み込んだ汗、そして、今練習をしている連中が流す新たな汗。

懐かしいと感じる。だが、心地よい思い出ではない。若い頃の練習はつらかった。そのつらさを思い出してしまう。

黒岩が、スパーの相手をしている。スパーというのはボクシング用語だが、いつしかフルコンタクト空手の世界に持ち込まれていた。力を抜いた自由組み手だ。

黒岩と弟子は、グローブをつけている。指が自由に動く、いわゆるアルティメットグローブというタイプだ。

ボクシングのグローブに比べると小さいが、中綿の素材が工夫されており、かなり衝撃を吸収してくれるらしい。

黒岩は、相手の弟子をさかんに怒鳴りつけている。相手は茶帯だったが、たしかに気迫が足りない。黒岩は、その点を注意しているのだ。

隣で見ていた能代が顔をしかめた。

「痛そうだな……」

私はうなずいた。

「痛いよ」

相手がローキックを出す。脛《すね》同士が当たる音が聞こえる。正拳で腹を打つと重い音が響く。

道着が風を切り、蹴《け》りが唸《うな》りを上げる。

「何が面白くて、こんなことやってんだ?」

能代が言った。

「ストレスの解消になる」

「冗談だろう。その前に死んじまう」

「怪我はするが、めったには死なない」

能代は、本気で嫌そうな顔をした。

黒岩本人が言ったように、前に出ていくのが彼の戦い方だった。相手が突いてこようが、蹴ってこようがおかまいなしで、前に出ていく。

当然、相手の攻撃を食らうことになる。一発食らったら、二発返す。二発食らったら、三発返すという戦い方だ。

修拳会館では、こうした戦い方が好まれる。我慢比べだ。そうして、打ち勝った者が真の強者だというような傾向がある。

巧者より、強者になれと教えられる。私も、そういう練習をした。試合になるとあばらは折れ、脛は腫《は》れあがる。足の指を骨折したこともある。

だが、それが当たり前だと思っていた。体は鍛えれば鍛えるほど丈夫になるという幻想を持っていた。

だが、年を取るにつれ、傷の治りは遅くなる。筋肉の弾力はなくなり、無理がきかなくなる。私は、沖縄で上原老人に会えて幸運だった。

上原老人は強かった。だが、黒岩が今日の前で見せているような強さではない。こちらの技が決まったと思った瞬間に、逆にカウンターを決められているという具合だ。そして、それが何度やっても同じ結果になる。そういう強さだ。

ようやく茶帯とのスパーが終わった。

茶帯は汗びっしょりで、完全に息が上がっている。黒岩も汗をかいており、息を弾ませているものの、まだまだ体力を残しているようだ。

今度は黒帯を相手にスパーを始めた。

組み手は、格下の者のほうが疲れるものだ。第一に格下の者が仕掛けていかねばならず、攻撃を続けるのは体力を消耗する。

また、格が上の者はリラックスしているので、体力の消耗が少ないのだ。

黒帯相手でも、黒岩の戦い方は変わらなかった。相手はさかんにローキックを飛ばしてくる。黒岩は膝を上げながら、ローキックをブロックしつつ、前へ出る。

また、骨と骨がぶつかる音が響く。

能代は、うめくように言った。

「素人目にも、体に悪そうな気がするんだがな……」

あばらや腹を殴る鈍くて重たい音が続けざまに響く。

黒岩と黒帯はほとんど足を止めて、打ち合っている。

徐々に黒岩の手数が上回りはじめる。すると、じりじりと弟子の黒帯がさがりはじめた。

黒岩は勢いに乗って、さらに突きと蹴りのコンビネーションを連続して出す。

黒帯はさらにさがり、苦し紛れに後ろ回し蹴りを出した。しかし、距離も体勢も不充分で、ふくらはぎのあたりが黒岩の肩にあたっただけだった。

黒岩にはまったくダメージはない。逆に、蹴りを出したことでバランスを失った黒帯が、ひっくり返ってしまった。

「打ち負けるな」

黒岩が言った。「さあ、打ち返してこい」

黒帯は立ち上がって構えた。黒岩が待っていると、ワンツーからローキックへつなぐコンビネーションを使ってきた。

黒岩は膝でローキックをブロックしながら前へ出る。そして、腹に重いパンチを連続して打ち込む。

「何か治療の参考になるかい？」

能代が尋ねた。私はこたえた。

「なる」

「どういうふうに……?」

「あまり治療の必要がないことがわかった」

「だが、本人は腰や膝が痛いと言ってるんだぜ」

「自業自得と言うしかないな」

能代は、溜め息をついた。

「なるほどな……。この練習じゃ、どこかが痛いというのもあたりまえか……」

「おそらく、真島との戦いに備えて、連日スパーをやっているんだろうが、これでは、真島に会う前に故障してしまう」

「だが、練習しないと不安なのだろうな」

私はうなずいた。

黒岩の気持ちはよくわかる。戦いを前にした選手というのは、どんなに練習しても不安が募るものだ。

そして、黒岩を待っている戦いというのは、試合ではない。ルールのない実戦だ。もしかしたら、殺し合いになるかもしれない。

「何とかしてやれないのか?」

能代が言った。

「本人の考え方次第だな」

「彼はあんたの患者だろう。責任があるだろう」

能代が言うことにも一理ある。たしかに、私は患者に対してある種の責任がある。ただ単に、対症療法だけをすればいいというものではない。

「話すだけ、話してみよう」

ようやく練習が終わり、黒岩が右足を少し引きずりながら、笑顔で近づいてきた。

「やあ、よく来てくださいました」

私は尋ねた。

「右足をどうかしましたか?」

「ああ、ローを一発、もろに食らいましてね。なに、どうってことはありません。冷やしておけば、明日には治ります」

「いつも、このような練習をされているのですか?」

「ええ。まあ、今日は軽いほうです」

「体の調子はよさそうですね」

「ええ。おかげさまで、先生のところに通うようになってから、体が軽くなりました。傷の治りも早くなったような気がします」

「気がするだけですよ」

「え……？」

黒岩はふと表情を曇らせた。

「体は確実に蝕《むしば》まれていきます。膝は、いずれ限界が来るし、腰の張りも気がついたら、以前より悪くなるかもしれません。体中の打撲傷は、体力を失わせます」

黒岩は不安げな顔つきになった。

「でも本当に、体調はよくなっているんですよ」

「私は修理屋じゃないんです。そして、人間の体はいつまでも修理がきくものじゃない。無理な練習を続けて、傷めたら私のところへやってくる……。これじゃ、いつまでたっても根本的な問題は解決しません」

「どうしろと言うのです？」

「怪我をしないような練習を考えてはいかがですか？」

黒岩はかぶりを振った。

「私の道場は、組み手が売り物です。弟子たちは実戦的な組み手を求めています。そして、修拳会館にいる頃から、私の戦い方は変わっていません」

「相手がどういう攻撃を仕掛けてきても、かまわず前に出る組み手ですね」

「そうです。それが最も強い組み手だと、私は信じているのです」

「実戦的と言われましたね」

「そうです。実戦では、打ち負けないことが大切なんです」

「私が考えている実戦と、黒岩さんが考えている実戦とは別のもののようですね」

「どういうことです？」

「相手が刃物を持っていたら、どうしますか？　刺されても我慢して、打ち返すのですか？」

「刃物を持っていたら、受けを使いますよ」

「いや、いざというときに、体はそう都合よく動いてはくれません。咄嗟《とっさ》に出るのは普段反復練習している動きだけです」

　黒岩は眼をそらした。

「しかし、今さら信じていたものを捨て去るわけにはいかない」

「捨て去る必要はありません。付け加えればいいのです」

「付け加える？」

「相手の打撃を食らわない工夫をするのです」

　黒岩はまた首を横に振った。

「いや、それはうちのスタイルではない。サバキを使うと、別のスタイルになってしまう。サバキがやりたいのなら、そういう道場に行けばいい」

「では、シンガードやボディープロテクターのようなものをつけてはいかがですか？」

「それでは、鍛錬にならない。いいですか。実際に打ち合うから鍛錬になるのです。顔面も殴ることにしているので、グローブだけはつけることにしましたが……」

今日の黒岩は、いつになく強情だった。道場にいるせいだろうか。自分のフィールドにいるという自負があるのかもしれない。

あるいは、これが黒岩の素顔なのかもしれない。頑固なくらいでないと、自分の団体など旗揚げはできないのだろう。

黒岩の言いたいこともわかる。

団体には特色がなければいけない。そして、黒岩は、修拳会館で培った信頼がある。それは、彼のスタイルに対する信頼なのだ。修拳会館で指導員になるというのは、たいへんなことだ。彼は実際に強かったに違いない。そして、その強さを維持することを自分に課しているのだろう。

私は妥協することにした。

「わかりました。ただし、膝だけは守ってください。組み手をやるときには、膝を守るサポーターかプロテクターをつけてください。でないと、将来は私より悲惨なことになりますよ。私は杖で済んでいるが、あなたは車椅子の世話になるかもしれない」

「脅かさないでください」

「脅しではありません。実際、あなたの両膝の半月板は、限界ぎりぎりのところに来ているんです」

黒岩は、思わず自分の両膝を見下ろしていた。眼を上げると、彼は言った。

「わかりました。では、脛あてと膝のプロテクターだけはつけることにします」

私はうなずいた。

「若い頃とは違います。体を鍛えることも大切ですが、いたわることも大切なんです」

黒岩が淋しげな笑みを浮かべた。私が知っている黒岩の表情だった。

「ええ。そうですね。それは、わかっていたつもりなんですが……」

誰だって、老いを認めたくない。

若い時代に、体力に自信を持っていた者ほど、それを受け容れたくないのだ。

だが、いずれは受け容れなければならない。誰もが、いつまでも若くいたいと思う。だが、残念ながら、それは不可能なのだ。

三人で食事をした。焼肉だった。修拳会館の人間は焼肉が好きだ。何人か集まって飯を食おうという話になると、必ず焼肉を食いに行く。

黒岩は旺盛な食欲を見せる。私と能代を合わせたよりたくさん食べたかもしれない。

能代は、CRの徳丸忠に会ってきたことを黒岩に話した。

「真島はまだ見つからないんですね？」

能代は、申し訳なさそうに言った。

「なかなか手がかりが見つかりませんでね……」

「CRと真島は、何か関係があるんでしょうか？」

黒岩がそう尋ねると、能代は私を見た。私も能代を見返していた。

能代が黒岩に言った。

「それはまだはっきりしません。もし何か関係があるとしたら、いずれわかるでしょう」

「一刻も早く、真島を見つけてください」

黒岩は言った。「嫌な予感がします。真島が取り返しのつかないことをしでかすような……」

能代はうなずいた。

「努力します」

能代と二人で、また東武東上線に乗り、池袋に向かった。北風になぶられた左膝が痛む。

「赤城は、徳丸のことを知らないと言ったんだな?」

能代が確認を取る口調で言った。

私はうなずいた。

「本当に知らない様子だった」

「じゃあ、やっぱり考えすぎだったんだ。徳丸は、ただシティーレンジャーのPRに夢中だっただけだ。根っから、おしゃべりなのかもしれない」

「あんたの楽観主義がうらやましくなる」

「だから言ってるだろう。もっと楽に生きろって……」

私は窓の外を見た。窓が車内の温もりと湿気でくもっている。冬の街だ。だが、東京の景色は冬も夏もそれほど変わらない。ビルのジャングルは、ただ寒いか暑いかの違いだけだ。

さらに、暖房と冷房が都市から季節感を奪い去る。

街路樹の葉は、枯れたり芽吹いたりを繰り返すが、ただそれだけのことだ。それでも、季節は巡っている。

私は、能代に眼を移した。

「真島を探すより、狼男を探したほうが早いんじゃないのか？」

「そりゃ、素人考えってもんだ」

能代が言った。「狼男はいつどこに現れるかわからない。俺たちは二人しかいない。それに、あんたには整体院の仕事がある。狼男が出現した場所に居合わせる確率はおそろしく低い」

「だが、真島の居場所を探す手がかりはない」

「いずれ、手がかりは見つかる。手がかりの糸をたぐっていくほうが、いつ現れるかわからない狼男を待ち受けるよりずっと近道なんだよ」

「それがプロの意見か？」

「プロの意見だ」

「じゃあ、素人の意見も聞いてくれ。たしかに、俺たちには人手もなければ時間もない。だが、狼男が現れるのは、繁華街だ。そして、だいたい深夜と決まっている。池袋あたりを深夜にうろつけば、遭遇する確率はかなりあると思うがね……」

能代は、しばらく私の顔を見て考えていた。やがて言った。

「素人の意見にも耳を傾けるべきだな。たしかに、今のところは、真島の居場所に関する手がかりはない。まるで、この世から消えちまったみたいだ。だが、狼男は出没している。手が届きそうなのは、狼男のほうだという気がしてきたな」

「俺は気になるんだ」

「何が？」

「黒岩さんが言ったことだ。今に、真島が取り返しのつかないことをしでかしそうだと、黒岩さんは言った。自暴自棄になっているとしたら、その恐れは充分にある」

能代はうなずいた。

「俺はあのとき、こう言いたかった。あるいは、真島が取り返しのつかないような目にあうかもしれないってね」

5

能代にはああ言ったが、本当に夜中に池袋や新宿、渋谷といった繁華街をうろつく気にはなれなかった。

いつもは午前中から施術の予約が入っている。夜中まで繁華街にいたら、こちらの体がもたない。一日に何人もの患者に施術をするには、体力がいる。寝不足はこたえる。杖をついて歩き回るのは、なかなか疲れるのだ。

どこか他人事《ひとごと》のような気持ちでいたら、電話が鳴った。『パックス秘書サービス』からの電話だ。雨宮由希子《あめみやゆきこ》という女社長がやっている会社で、雨宮由希子は私の患者だ。

電話が鳴ると、施術が中断してしまうとこぼしたところ、雨宮由希子は、うちと契約しなさいと言った。

無駄な出費だと思っていたが、契約してみてその便利さに驚いた。感動したと言ってもいい。電話に出てくれるだけでなく、頼めば、航空券や鉄道のチケットまで予約してくれる。

電話の向こうから、由希子の声が聞こえてきた。社長直々に電話をくれたということだ。

由希子は事務的に、それまでに入った電話の相手と用件を伝えた。

それが終わると、彼女は言った。

「次回の予約を入れたいんですけど」

「いいですよ。いつがいいですか?」

「水曜日の夕方はどうかしら?」

「水曜日はいっぱいですね」

「何とかしてくれないかしら」

「最後に何とか入れておきましょう」

「よかった。治療の後、予定がなければご飯でも食べない?」

予定表を見た。別に予定は入っていない。

「いいですよ」

「いい店を見つけたの。じゃあ、楽しみにしてるわね」

由希子と二人きりで食事をしたりするのは、あまり気が進まない。由希子は、十人の男とすれ違うと、まず間違いなく九人は振り返るほどの美人だ。

もちろんそんな美人と食事をするのは楽しい。だが、二人きりというのが問題だ。私は、育子が死んで以来、決まった女性と付き合ったことがない。

別に義理立てしているわけではない。その気にならないのだ。二人きりで食事をしていると、余計なことに気をつかってしまう。食事以上のことを期待されても困るのだ。そんな面倒は避けたい。だが、誘いを断るのも面倒だ。どっちにしても、面倒は面倒なのだ。

物憂い気持ちになって電話を切ろうとしていると、由希子が「待って」と言った。

「赤城さんから電話が入っているわ。つなぐ？」

「出ましょう」

「じゃあ、水曜日にね……」

電話が切り替わり、赤城の不機嫌そうな声が聞こえてきた。

「能代が入院したぞ」

「入院？」

「怪我をしたんだ。昨夜、池袋の東口でフクロにされた」

「どこの病院ですか？」

赤城は、大塚と池袋の間にある救急指定病院の名を言った。

「それで、具合はどうなんですか？」

「一時的に意識を失ったらしい。頭をバットか何かで強く殴られたんだ。最近のガキは無茶やりやがる」

意識を失ったとなると、脳の障害を疑わなければならない。後遺症が残る場合があり、へたをすると死ぬ。どのくらい意識がなかったかが気になった。

「俺は、これから病院に向かう」

赤城が言った。

「私も手が空き次第、行きます」

「能代に身寄りはないのか？」

「離婚して、一人暮らしのはずです。詳しいことはわかりません」

「淋しい人生だな」

「自由の代償だと、本人は言ってました」

赤城は電話を切った。

施術の予約表を見ると、笹本有里が治療に来ることになっていた。患者は、少しでも楽になりたくて通ってくる。その予定をこちらの都合でキャンセルはできない。

有里が予約の時間どおりにやってきて、私は手を抜かずに施術をした。だが、有里には私が焦っているのがわかるようだ。

「先生、この後、何かあるの？」

有里が尋ねた。

「能代が怪我をした」

「能代さんが？　どうして？」

「狼男を探していたんじゃないかと思う。池袋で集団に暴行を受けたらしい」

「狼男を……？」

有里に話す必要はなかったかもしれない。だが、誰かに話さずにはいられない気分だった。

私は、無責任に狼男を探したらどうかと言った。彼は、一人でそれを実行したのだ。私がいっしょにいたら、少なくとも、能代は入院するほどの怪我をしなくても済んだかもしれない。

あんたは何でも自分のせいだと思い込む。もっと楽に生きろ。

そう言ったのは、能代だ。だが、私はどうしても責任を感じてしまう。今時流行《はや》らない生き方かもしれない。だが、私は権利を声高に主張する生き方より、静かに責任を全うする生き方を選びたい。

「これから、能代が運び込まれた病院に行ってくる」

「あたしも行く」

有里が言った。

「君が行く必要はない」

「どうして？　あたしだって、能代さんを知らないわけじゃないのよ。心配よ」

私は考えた。こうなるのは当然の成り行きだった。有里を連れて行きたくなければ、能代のことを話さなければよかったのだ。

「わかった。すぐにでかける」

有里はカーテンの向こうで着替えを始め、私も奥の部屋に行って外出の用意をした。

病院の待合室に赤城がいた。彼は私たちを見つけると、うなずきかけてきた。

赤城は疲れ果てたような顔をしていた。顔に脂が浮き、眼が赤い。

「どうなんです？」

私は赤城に尋ねた。

「意識は戻った。だが、頭蓋骨《ずがいこつ》にひびが入っている。内出血は今のところ見つかっていない」

「脳障害や後遺症の心配は？」

「医者はおそらくだいじょうぶだろうと言っている。意識を失っていた時間が短かった」

「今、会えますか？」

「ああ。処置は終わっている。だが、安静が必要だ。長くは会えない」

私はうなずいた。赤城が病室まで案内してくれた。能代は、包帯だらけで、カーテンで仕切られた病室のベッドに横たわっていた。

能代は私と有里を見ると、力なくほほえんだ。

「よう……」

彼はそれだけ言うと、力尽きたとでもいうように黙ってしまった。

私は包帯を巻かれ、ネットを被せられた能代の頭を見て言った。

「なんだか、同じような光景を前にも見たことがあるような気がする」

「俺の商売に危険は付き物なんだ」

「何か手がかりは見つかったか？」

「いや、その前にこのざまだ」

「相手を覚えているか？」

「ガキだよ。俺には、あいつらの区別なんぞつかん。チャパツにロンゲだ。みんな同じに見える」

「チャパツにロンゲだったのか？」

能代は、私を見返した。それからしばらく考えていた。

「いや。正確に言うと、チャパツだったかロンゲだったかもわからん。みんな帽子をかぶっていたように思う」

「帽子？　どんな帽子だ？」

「いろいろだよ。毛糸の帽子だとか、野球帽みたいのだとか……。バンダナを頭に巻いていたやつもいる」

「服装は？」

「夜の街で悪さしているやつらの服装さ。ニューヨークあたりの不良の真似をした汚らしい恰好《かっこう》だ。ヒップホップとかいうのか？　どうして日本のガキどもは、あんな最下層階級の真似をしたがるんだ？」

「教養がないからかもしれない」

能代は顔をしかめた。話をするのもつらいに違いない。

私は言った。

「じゃあ、ゆっくり休め」

「くそっ。黒岩の依頼にこたえられなくなったな……」

その一言は、私にとって重荷になった。能代が怪我をするはめになったのは、私のせいかもしれない。無責任な発言がいけなかったのだ。

「心配するな」

私は言った。「真島は俺が見つけてやる」

能代は、また力のない笑みを見せた。

「まったく、あんた、損な性格だ」

「ああ、そうみたいだな」

有里が能代に言った。

「早くよくなってね」

能代は、有里を見て悲しげにほほえんだ。うれしいような切ないような、何ともいえない顔をしている。

そういえば、育子が死んだのは、ちょうど有里くらいの年頃だ。

私は先にカーテンを開いて病室を出た。

廊下で赤城が私たちを待っていた。

赤城はベンチを指差して言った。

「ちょっと、あそこに座らないか」

返事を聞かぬうちに、赤城はそこに腰を下ろしていた。私と有里はしかたなく、その脇に座った。

私が赤城の隣だった。

「なあ、先生。能代は池袋で何をやっていたんだ？」

「人探しですよ。言ったでしょう。依頼を受けてね」

「狼男だの、CRだのに関わりがあるっていう、例の話か？」

「そうです」

「詳しく話してくれねえか？」

「私の口からは言えません。能代さんの仕事ですからね」

「こりゃあ、傷害事件だからな。警察も黙っちゃいられない」

「赤城さんが担当するんですか？」

私が尋ねると、赤城は顔をしかめた。

「所轄の事案だよ。正式には担当じゃねえ。だが、能代とはまんざら知らない仲でもねえしな……」

「捜査に参加するという意味ですか？」

「俺たちは、班ごとに動かなきゃならん。好き勝手に担当する事案を選ぶことなんてできねえ」

「そうでしょうね」

「だが、まあ、あいている時間にならら、何をやっても自由だ。所轄も文句は言わん」

私は赤城のほうを見ぬまま、うなずいた。

「狼男のことが気になるんですか？」

「まあな」

「警察の知ったことではないと言ったのは、たてまえですか？」

「今のところ、問題はないと言ったのは本当のことだ。だが、そのうちに何かが起きる。それも確かだ。事実、能代が大怪我をした」

「能代さんを襲ったのは、非行少年グループでしょう？」

「だが、狼男を探していて襲われたんだぜ」

「CRの徳丸代表が言っていました。今は、いつ誰がどこで襲われてもおかしくない時代だって」

「刑事はそういう考え方をしない。筋を読むんだ」

「筋？　能代さんが襲われたことに、何か筋書きがあるんですか？」

「狼男を探していた。当然、狼男を支援する連中は警戒するだろう。中には突っ走って、手を出すやつもいるかもしれない」

「じゃあ、能代さんを襲ったのは、狼男を支援している連中だというのですか？」

「断定しているわけじゃない。そういう考え方もあると言ってるんだ。俺は、能代から話を聞いた。能代は、相手とそれほど言葉のやり取りをしていない。問答無用でやられたようだ。つまり、相手は能代をターゲットとして狙《ねら》っていたと考えられる」

「だとしたら、CRの人狼親衛隊……」

「俺は、その連中に話を聞きに行くつもりだがね……」

「任せます」

私は言った。「それは警察の仕事ですからね」

「ところで、あんたはどうするんだ？」

「何もしませんよ」

私は嘘をついた。

赤城は私の横顔を見つめている。その視線を感じていた。

やがて、赤城が言った。

「賢明だ」

赤城が立ち上がった。

私は、彼の後ろ姿を見ていた。赤城が玄関のほうに立ち去ると、有里が言った。

「狼男を探しに行くんでしょう？　そう、能代さんと約束したわよね」

「そうじゃない。私は、能代さんの代わりに真島という男を探すと言っただけだ」

「能代さんは、狼男を探していた。つまり、狼男とその真島とかいう人は同一人物ということになるじゃない」

「まあ、そういうことになるかな……」

「どうして、そのことを赤城さんに言わなかったの？」

「赤城さんが聞きたくなさそうだったんでな……」

「先生が狼男を探しにいくことを、赤城さんが知っているということ？」

「当然、そう思っているだろうな。だが、私の口からは聞きたくなかった。聞けば、止めなければならなかった」

有里はあきれた顔をした。

「大人って、面倒なのね」

有里は二十歳を過ぎている。昔なら立派な大人として扱われた。今の若者は子供すぎる。

私はそう思ったが何も言わなかった。有里の責任ではない。彼らを大人として扱わない、私たちの責任なのかもしれない。

私はその日の夜から、繁華街をうろつくことにした。狼男はいつ現れるかわからない。

私は、夜の十一時過ぎに池袋の東口にやってきた。能代が襲われた街だ。

電車を降り、駅の外に出たとたんに、若者の世界が広がっている。寒い季節にもかかわらず、若者たちは駅前にたむろし、街角にたたずんでいる。

話をしている者、携帯電話をかける者、誰かを待っている様子の者、酔っぱらっている者……。

私は杖をつき、駅前の横断歩道を渡った。途中で信号が変わる。足の悪い者にとっては、駅前のロータリーを向こう側まで渡りきるのが一苦労だ。

サンシャイン通りも、その一本左手の路地も、若者でいっぱいだ。危険な雰囲気が満ちている。

私は、サンシャイン60のほうに向かって、ゆっくりと歩いた。細い路地の交差点近くに、バンが駐車している。窓には黒いフィルムが張ってあり、中が見えない。

有里が言っていた、拉致《らち》目的の車に違いない。複数の男たちが、若い女性を拉致する。

彼らはそれを単なる遊びだと思っている。

犯罪だという意識がないのだ。悪いことをしてはならないというモラルがなくなっているのだろう。悪いことをしても捕まらなければいいのだ。捕まるやつはドジだということになる。

組織暴力に性犯罪、恐喝に万引き……。

彼らに善悪の意識を教えることはもはやできないのだろうか。

CRの徳丸は、すでに無理だと言っていた。まだ公徳心というものを持っていた我々の文化と、それを一切持たない若い世代の文化の戦いなのだと、徳丸は言った。

徳丸の話を聞いたときには、極論だと感じた。だが、今こうして、街の若者たちを見ていると、徳丸の言いたいことがよくわかるような気がする。

道路でスケボーをしたからといって、直接私が迷惑を被《こうむ》るわけではない。彼らが空き缶や吸い殻を地面に捨てたからといって、私の家が汚れるわけではない。地べたに集団で座り込んでいるからといって、私の通行の邪魔になるわけではない。

だが、どうしてもそういうものを不快に思ってしまう。直接迷惑がかからないからいいという問題ではない。私たちはそういう教育を受けた。

私たちは、机に腰かけただけで、先生にひっぱたかれた。校歌を歌うときに、気をつけをしていなかったといっては、殴られた。そういう時代だったのだ。

戦前、戦中に教育を受けた教師がまだ教鞭《きょうべん》を取っていた。私たちは、たたずまいというものを教わった。

だらしのない服装はいけないことだと教わり、道路に座るなどということはみっともないことだと教わった。街を歩きながら何かを食べるのは、不謹慎であり、公共の場で化粧をしたり着替えをしたりなど考えられなかった。

そういうことを、大人がすべて認めてしまったのだ。子供というのは、叱られなければそれでいいのだと思い込んでしまう。その結果、モラルや美意識が失われた。

いや、それは違う。

私は、ゆっくり街を歩きながら、自分自身を戒めた。

彼らには彼らなりのモラルや美意識があるのだ。それは、オヤジをみっともないと感じる美意識であり、他人の眼など意識せずにやりたいことをやるのが正しいというモラルなのだ。

それは、徳丸が言ったように、すでに文化の違いなのかもしれない。

世代の違いというのは、そういうものなのだろうか。若者たちが、ゲバ棒を振るいはじめたとき、その時代の大人たちは、世も末だと思った。本気で日本はだめになると思った大人たちがたくさんいた。

今、私は、犯罪を犯罪と思わない若者たちを見て、日本の将来はないと感じている。

だが、それは時代を超えて永遠に繰り返されることなのかもしれない。大人は若者たちを理解できない。若者たちは、大人を憎む。それは、いつの時代でも同じなのかもしれない。

しばらく行くと、また大きな通りにぶつかった。高速道路が頭上をまたぎ、その向こうに大きな自動車のショールームが見える。その先は、あまり人気がなさそうだ。

私は引き返すことにした。同じ道を引き返すのも芸がない。来たときと平行しているやや細い道に入った。

人通りが少ない。細い路地に入ると、サラリーマンの姿も目立つ。そういえば、今日は金曜日だ。普段より、人出が多いかもしれない。

細い通りを進んでいくと、脇の路地から怒号が聞こえてきた。若い男の声だ。

私は思わず路地を覗き込んだ。背広にステンカラーコートという典型的なサラリーマン姿の男が、若者三人に取り囲まれている。

私は、かぶりを振って通り過ぎようとした。私の目的は、狼男を探すことだ。喧嘩の仲裁などする必要はない。通行人は誰も立ち止まらない。関わり合いになりたくないのだろう。あるいは、この界隈《かいわい》ではあまりに日常的な光景なのかもしれない。

ＣＲが駆けつけるかもしれない。そういう思いもあった。

だが、二、三歩行きすぎて、私は後戻りしていた。やはり、黙って通り過ぎることはできない。路地に入っていき、声をかけた。

「何をしてるんだ?」

三人の若者たちと、サラリーマンが同時に振り向いた。

若者たちは、一瞬緊張を露わにしたが、杖をついている私の姿を見て、緊張を解いた。

「関係ねえだろう」

金髪の若者が言った。「あっち行けよ」

「こら、手を離せ」

サラリーマン風の男が言った。

「うるせえ」

毛糸の帽子を被った若者がいきなりサラリーマン風の男の腹を殴った。そのボディーブローにたいした威力があるとは思えない。

「いてっ」

サラリーマン風の男が言った。「何すんだよ」

「黙れって言ってんだろう」

耳にいくつものピアスをした、チャパツが今度は顔を殴った。

「やめろ、ちくしょう……」

サラリーマン風の男が、暴れた。殴られて頭に血が上ったようだ。

手を振り回すと、その拳が一番そばにいた金髪に当たった。

私は、割って入る気にもなれずに眺めていた。どう見ても大怪我をするほどの殴り合いではない。せいぜい、顔にあざを作る程度だろう。

だが、問題はそこからだった。

顔を殴られた金髪の顔つきが変わった。顔色が青くなり、目がつり上がった。奥歯を噛みしめている。

彼は、力を込めてサラリーマンの腹を蹴った。危険な蹴りだった。力の加減を知らないらしい。へたをすると内臓破裂を起こす。

さらに金髪は、サラリーマン風の男の顔面をめちゃくちゃに殴りはじめた。チャパツも毛糸の帽子も、最初はそれを黙って見ていた。金髪がキレたのだということがわかった。

若者がキレる瞬間というのを初めて見た。ただ腹を立てるとか、頭に来るという状態ではない。精神に異常があるのではないかと思わせる豹変《ひょうへん》ぶりだ。

その攻撃に、ピアスのチャパツと毛糸の帽子も加わった。サラリーマン風の男は、地面に崩れ落ち、今や、容赦ない蹴りの嵐にさらされている。

私は近づいて、チャパツの後ろ襟を摑《つか》み、真下に引き下ろした。

チャパツはすとんと尻餅をついた。

それから、私は、杖の先で毛糸の帽子の若者の胸を突いた。若者は、やはり尻餅をついた。

私は、金髪の若者の足に、杖の握りを引っかけて引いた。金髪の若者は、ひっくり返った。

私は言った。

「やめろと言ってるんだ。やりすぎだぞ」

金髪の若者が跳ね起きた。

「邪魔すんじゃねえ！」

私に向かって殴りかかってきた。

私は、右足を中心にして体を開いた。それだけで、金髪のパンチは空を切った。

ピアスのチャパツと、毛糸の帽子も次々と立ち上がる。彼らは、金髪の若者と私のやりとりを見つめている。

サラリーマン風の男が、そろそろと後ずさっていく。私は、それを視界の隅にとらえていた。

再び金髪が殴りかかってきた。

私は、金髪のパンチの外側にわずかに歩を運んだ。そうすると、目の前に相手の後ろ襟があった。それをつかんで真下に引き落とす。

金髪はまた、地面に尻餅をついた。そのまま後頭部に蹴りを入れれば、相手にかなりのダメージを与えられる。

だが、その必要はないと思った。

突然、サラリーマン風の男が走り出した。

それに気づいたチャパツが叫んだ。

「あ、このやろう、待て！」

サラリーマン風の男は、すでに路地を出て通りを曲がり、どこかに消えてしまった。チャパツと毛糸の帽子は顔を見合わせて、気が抜けたような顔をした。

金髪は、起きあがるとサラリーマン風の男が逃げたほうを向いてやはり、白けたような顔つきをしている。

私は、彼らの表情の変化に戸惑っていた。彼らが何を考えているかわからない。まるで、見知らぬ外国の街角にいるような気分になってきた。

金髪は、私を睨《にら》みつけると、地面にぺっと唾《つば》をはいてその場を去ろうとした。

「ちょっと待てよ」

私は言った。「こっちの用事はまだ済んでない」

金髪が怨《うら》みがましい眼で私に言った。

「おまえのせいで、あいつに逃げられちまったじゃねえか」

チャパツが言った。

「あいつの代わりに、こいつから金もらおうぜ」

「ばかやろう」

金髪はチャパツに言った。「金の問題じゃねえんだよ。ああいうことやるオヤジは、許せねえって言ってるんだ」

ちょっと妙な成り行きになってきた。

私は尋ねた。

「あいつは、何をやったんだ?」

金髪は、再び憎しみのこもった眼で私を睨んだ。

「てめえに関係ねえだろう」

「関係ができちまった」

私は言った。「あんたらの邪魔をしてしまったようだからな。話を聞かせてくれないか」

「あっち行けよ」

毛糸の帽子が憎々しげに言った。

三人とも、憎しみをぶつけてくる。私くらいの年代が憎くてたまらない様子だ。

「オヤジ狩りとかいうやつか？」

私は尋ねた。

「ばーか。そんなんじゃねえよ」

ふてくされたようにこたえたのは、チャパツだった。

「じゃあ、何だったんだ？　教えてくれよ」

金髪はすっかり気分が萎《な》えてしまったようだった。彼は、つまらなそうに言った。

「あのオヤジ、エンコーやりやがったくせに、金払わなかったんだ」

「エンコー？　援助交際のことか？」

「ああ。ひっかかる女の子もばかだけどよ、中学生相手にただで遊ぼうってのが許せねえ」

「あいつは、中学生を買春したのか？」

「だから、金払ってねえんだって」

「おまえらは、美人局《つつもたせ》でもやってるのか？」

「ツツモタセ?」

言葉の意味がわからないらしい。

「女の子に客を騙《だま》して連れてこさせて、金をむしり取るんだ」

金髪は、怒りを露わにした。

「ふざけんなよ。そんなことやってねえよ。エンコーやった子、同じクラスの子なんだよ」

私は思わず、あのサラリーマン風の男が走り去った方向を見ていた。

「そうと知ってたら、止めなかったんだけどな……」

私がそう言うと、毛糸の帽子が嘲《あざけ》るような笑いを浮かべて言った。

「おめえら、みんなそうなんだよ。俺たちが街にいるだけで、悪いことしてると決めてかかってる。けどな、オヤジだって悪いことしてるんだ。中学生とエンコーしたりな……」

気恥ずかしくなってきた。

さきほどまで、私は、世代のことだけを考えていた。世代間の争いはそのまま文化の戦いだと考えていた。

だが、一つの世代の中にもいろいろなやつがいる。そのことを、忘れてはならない。世代だけでは割り切れない問題もある。

チャパツが二人の仲間に言った。

「おい、行こうぜ」

「ああ」

金髪が言った。「腹減ったな。何か食うか」

もう私になど関心がないといった様子だ。

私は言った。

「何かおごろうか？」

金髪が、また鋭い視線を向けた。

「いい気になるんじゃねえぞ。杖ついてるから、大目に見てやってんだ」

「勘違いしたお詫びだよ。あのサラリーマンは、とっちめられて当然のことをしたんだ。

私は余計なことをしてしまった」

金髪とチャパツが顔を見合った。毛糸の帽子は、その二人を見ていた。

金髪がにやにやと笑いながら言った。

「酒でもおごってくれるのかよ」

とことん大人をなめた態度だ。だが、背伸びしているのかもしれない。

「ふざけるな」

私は言った。「酒は自分で稼いだ金で飲むもんだ。腹が減ってるんだろう？　ラーメンか何かにしておけ」

私が強気に出ると、金髪とチャパツはにわかに落ち着かない態度になった。彼らはまた顔を見合わせた。

それから、金髪がさっと肩をすくめて言った。

「ラーメンにしといてやるよ。おっさんも金持ちにゃ見えないからな」

「それが人にごちそうしてもらう態度か？　普通は礼を言うもんだ。どこか、うまいラーメン屋を知ってるか？」

「この先にあるぜ。ちょっと混んでるかもしれねえけどよ」

まさか、ストリートギャング気取りの若者たちといっしょに飯を食うはめになるとは思わなかった。

私は彼らを恐れていない。そして、今は軽蔑《けいべつ》もしていないし憎んでもいない。それが彼らには伝わるようだ。

金髪が言ったとおり、ラーメン屋は少しばかり混んでいた。だが、並ぶと十分ほどでテーブル席が確保できた。並んでいる間に私は名乗り、三人の名を尋ねた。

金髪はタク、チャパツはジェイ、毛糸の帽子はカーツと名乗った。ストリートネームというらしい。

　金髪のタクとチャパツのジェイが味噌ラーメンを注文し、毛糸の帽子のカーツがチャーハンを注文した。私もチャーハンにした。

「俺、ギョーザ、頼んでいい？」

　金髪のタクが、意外なほど子供っぽい表情で私に訊《き》いた。

「ああ、いいよ」

「あ、じゃあ、俺も」

　チャパツのジェイが言った。カーツは、言いそびれているようだ。私は、彼に言った。

「おまえも頼むか？」

「ああ……」

　カーツは照れたように言った。

「ビールは？」

　金髪のタクが尋ねた。

「だめだ。中学生だろう？」

「わかったよ」

　少年たちは、私を無視するように三人で会話を始めた。どこの誰が、どこかで喧嘩をしたとか、どこかのグループはヤクザがバックについているとかという話をしている。

私は黙って聞いていた。

内容のある話ではない。単なる噂話で、そういう話をしていること自体が楽しいのだ。

注文したラーメン、餃子、チャーハンがやってきて、若い三人はうまそうに食いはじめた。ものを食っているときの人間は、憎めない。なぜかそんな気がする。

頰張ったラーメンを飲み下し、金髪のタクが私に尋ねた。

「ねえ、その足、どうしたのさ？」

話しかけられたことに驚いた。彼らは私と話などしたくないのだと思っていた。

「若い頃に怪我をした」

「どんな怪我？」

今度はチャパツのジェイが尋ねた。

「空手の試合でな……。ローキックを食らった。当たり所が悪かった。運が悪かったんだ」

「空手やってたのかよ」

タクが訊いた。「どこの空手？」

「修拳会館だ」

「ほんとかよ……」

ジェイが驚いた声を上げた。「黒帯取ったのか？」

「ああ。二段だった」

「すげえ……」

ジェイは言った。「修拳会館の二段か。ハンパじゃねえな」

「若い頃に無茶をやりすぎたようだ」

私は言った。「おそらく、俺の膝《ひざ》にはかなりダメージが蓄積していた。若いから平気だと思っていた。そこにローキックを食らったんだ。そうしたら、この年になって杖をついて歩かなければならなくなった」

タクが、私の杖をじっと見ていた。それから私に眼を移して言った。

「それ、武器になるんだろう？」

私は驚いた。

「ただの杖だよ」

「杖にしちゃ頑丈そうだし、持つとこ、珍しい形してんじゃん」

私はほほえんだ。

「気が弱いからな。護身用を兼ねているんだ」

「杖術《じょうじゅつ》かなんか、やるのか？」

「杖術を知ってるのか？　武道に詳しいな」

「オヤジが、剣道やってたんだ。杖術もやってたよ」

「私のは杖術じゃない。沖縄古流の棒術だ。本当は六尺の棒を使うんだが、熟練すると、短い棒でも戦えるようになる」

「沖縄の棒術か……」

タクは、真剣な眼差《まなざ》しで私の杖を見ていた。私は言った。

「武道に興味があるのか？」

「まあな……」

「なら、お父さんに習ったらどうだ？　剣道と杖術をやってるんだろう？」

タクは肩をすくめた。

「オヤジとは、年に何回かしか会わねえよ。親が離婚したんだ」

私は、胸の中に苦いものがこみ上げてくるのを感じていた。環境が少年少女に与える影響は大きい。

「また余計なことを言っちまったな……」

「別に……。気にしてねえよ」

この好機は逃す手はない。私は、毛糸の帽子のカーツに言った。

「この街にいるだけで、悪いことをしていると思われると言ったな?」

カーツは、チャーハンを頬張り、うなずいた。

「ああ。そうだ」

「じゃあ、おまえたちは、この街で何をやってるんだ?」

「別に……」

カーツは、ごくんとチャーハンを呑み込んだ。「ただ、集まってしゃべったりするだけだ。別にやることないし……」

「毎日やってくるのか?」

「毎日じゃねえけど……、週に何回かは来るぜ。オールもたまにな」

「オールってなんだ?」

「オールナイト。朝までってこと」

ひょっとしたら、これはクラブ活動のようなものなのかもしれない。学校が、少年たちの居場所ではなくなりつつある。それが実感できた。

「じゃあ、狼男のこと、知ってるんじゃないか?」

タクとジェイがそっと顔を見合うのがわかった。

タクがまた用心深い顔つきになった。

「なんで狼男のことなんて訊くんだ?」

「狼男の正体は、元修拳会館の選手かもしれない。俺はそれを確かめたい」

ジェイが目を丸くした。

「修拳会館の選手?」

「その可能性がおおいにある」

「俺たちは、狼男のこと、そんなに嫌っちゃいない。悪いことさえしなきゃ、どうってことねえからな」

タクが言った。「もっとむかつくやつらがいる」

「むかつくやつら?」

「ああ」

タクが言ってそっぽを向いた。

「それは、誰のことだ?」

タクは私に眼を戻した。そして、声を落として言った。

「人狼親衛隊だ」

「CRのか?」

タクは、一度周囲を見回した。用心しているらしい。

「たしかに、人狼親衛隊はCRに属しているさ。けど、まったく違うやつらだ。人狼親衛隊は、CRからはみ出そうとしているんだ」

徳丸から聞いた話とはちょっと違う。私はそう思った。どちらが本当だろう。なぜかはわからないが、タクのほうが信じられそうな気がした。

「それはどういうことなんだ？」

「タクが言ったとおりよ」

ジェイが言った。「人狼親衛隊は、汚ねえんだ。わざと喧嘩焚《た》きつけて、騒ぎを起こしたりするんだ」

私は、ジェイを見つめた。

「何のために？」

ジェイは居心地悪そうに身じろぎしてから言った。

「狼男の活躍の舞台を作るためじゃん。グループ同士の喧嘩が起きると、狼男がやってきて、その両方を叩きのめす。そして、その後に人狼親衛隊が乗り込んできて、後かたづけをするわけだ。そうするとよ……」

私はうなずいた。

「人狼親衛隊の株も上がる」

「そういうこと」

ジェイはうなずいた。「人狼親衛隊は、カツアゲとか、拉致とか、オヤジ狩りとか起きそうなのに気づいてもわざと放っておいて様子を見ているんだ。そういうところに、狼男が現れるのを知っているからな」

「CRは犯罪を防止する活動をしていると思っていたがな……」

「CRはそうなんじゃん？　でも、人狼親衛隊は違う。だから言っただろう。人狼親衛隊はCRのはみ出し者なんだって」

この子たちの話には信憑性《しんぴょうせい》がある。意外な話だが、突拍子もない話ではない。

私は考えた末に言った。

「頼みがあるんだが……」

タクが警戒心を露わにした。

「そのためにラーメンとかおごったのかよ」

「違う。今、思いついたことだ。たいしたことじゃない」

「何だよ?」

「噂を流してほしい」

「噂？　どんな？」

「杖をついた中年男が、狼男を探し回っているという噂だ」

タクは怪訝《けげん》そうな顔をした。

ジェイが、似たような表情で尋ねた。

「それって、どういう意味があるんだよ？」

「さあな」

私は言った。「私にもまだわからない。でも、噂が広まれば、きっと何かが起きる」

「それって、あんたヤバイんじゃねえの？」

タクが言った。

私は笑みを浮かべた。

「こんなオヤジのことなんて、どうなったっていいだろう？」

タクはふんと鼻で笑った。

「どうなったっていいさ」

「なら、気にするな」

「でも、ラーメンおごってもらった義理があるからな」

「ラーメンと餃子だ」

タクは、苦笑した。

「そう。ラーメンと餃子」

「噂を広めてくれるのか？　どうなんだ？」

「やれっていうなら、やるけどよ……」

「じゃあ、頼む」

タクは、曖昧《あいまい》に首を傾けた。了解の印だと理解した。

食事が終わり、店の外に出ると、タクがちょっとふてくされたような態度で言った。

「うまかったよ。ごちそうさん」

照れているのだ。

ジェイとカーツは、タクの言葉に合わせるように小さく頭を下げた。礼儀を知らないわけではないのだ。

私は、いつの間にか、この三人がちょっとばかり気に入っていたようだ。

6

翌日の夜も池袋に出かけた。

私の自宅からは渋谷のほうが近いのだが、これまで、狼男は池袋で目撃されることが多いと聞いたことがある。

池袋のほうに土地勘があるということだろう。街中で喧嘩をするときには、土地勘が絶対に必要だ。逃げ道を確保しておかなければならないからだ。

喧嘩相手の仲間が駆けつけることもあるし、警察がやってくることもある。いずれにしろ、現場から安全に逃げられる経路をあらかじめ頭に入れておかなければならない。

街中で喧嘩するときの鉄則だ。

狼男がもし、黒岩の道場に通っていた真島だとしたら、渋谷や新宿より池袋に土地勘があるというのはうなずける。

黒岩の道場は川越にある。池袋から出ている東武東上線の沿線だ。

タクたちの姿は見当たらなかった。

土曜日の夜だ。街は昨日よりさらに賑《にぎ》わっている。酒に酔った若者のグループが多い。

ウィークデイは、サラリーマンやOLの姿も多い池袋だが、土曜日の深夜となると、若者たちの天下だ。

私は、東急ハンズの前を中心に歩き回った。左膝が、しきりに苦情を申し立てる。昨日に続いて歩き回っているのだ。かなり負担がかかっている。

その上、えらく冷え込んでいる。私は、ときおり街角でたたずんで膝を休めねばならなかった。

入り組んだ路地と、建物の前の階段。そうしたものが、若者の集まるきっかけを作るようだ。

少人数のグループで路地から路地へ行き交い、あるいは、建物の前の階段に座り込んで話をするのだ。携帯電話が彼らの活動を多様化させている。

携帯で連絡を取り合い、仲間を集める。あるいは、その夜に泊まり込む場所を探したりする。

私が、街でたたずんでいると、危険な眼を向けるグループもある。値踏みするような眼だ。私が金を持っているかどうか考えているのかもしれない。

残念ながら、私は最低限の金しか持っていない。オヤジ狩りにあって無事逃げられるとはかぎらない。私にはハンディーがあるのだ。被害は最小限に抑えたい。

寒い夜だが、街は賑わっている。危険な雰囲気の賑わいだ。私は、CRの制服姿を探していた。人狼親衛隊は、CRの制服を着ているはずだ。タクが言ったことが気になっていた。人狼親衛隊は、CRのはみ出し者だという話だ。誰も信用するなと、心の中で警戒が鳴る。

たった一人、若者が支配する街をうろつくというのは、ひどく不安なものだ。孤独感がつのり、寒さが身に染みる。もう若くはないと思い知らされる。

膝の痛みも激しくなってきた。やはり冷やしたのがよくなかったようだ。一人ではできることは限られている。無力感にさいなまれた。今頃、渋谷か新宿に狼男が姿を見せているかもしれない。池袋の西口にいるかもしれない。だが、私にはどうしようもない。偶然を期待するしかないのか。

私は駅前までやってきた。時計を見ると、午前二時を過ぎていた。すでに明けて日曜日になっている。電車はもう走っていない。

私はタクシーに乗って帰宅することにした。車が走り出したときに、ふと病院のベッドに横たわる、包帯だらけの能代の姿が頭のかたすみをよぎった。

日曜日の日中は夜にそなえて、ゆっくりと休んだ。特に膝を休める必要があった。幸い、日曜は休診日だ。

私は外出をひかえて、ぼんやりとテレビを眺めていた。ただ眺めているだけだ。番組の内容は頭に入ってこない。別のことを考えていた。

能代は、真島の居場所の手がかりさえないと言っていた。探偵のくせに、手がかりがつかめないなどということがあるだろうか。

昨夜、心の中で鳴った警鐘を思い出す。誰も信用するな。そういう声を聞いた気がする。たしかに、誰かが嘘をついている。

いや、嘘をついているというのは言いすぎかもしれないが、少なくとも誰かが何かを隠している。

誰であるかはわからない。

CRの徳丸かもしれない。

黒岩かもしれない。

赤城かもしれない。

あるいは、能代かもしれないのだ。

黒岩と能代が二人で私を巻き込もうとした。その目的がよくわからない。黒岩は、真島が狼男であると信じている。そして、腕ずくで真島を止めようとしている。

それだけなら、単純な話だ。黒岩の気持ちを察すると、手を貸してやりたくなる。だが、本当にそれだけなのだろうか。

そして、ＣＲの人狼親衛隊は、狼男をうまく自分たちのために利用している。タクはそう言っていた。

だが、ＣＲの徳丸は、そうは言っていなかった。徳丸は、人狼親衛隊と狼男の特別な関係を否定した。あくまでも人狼親衛隊はＣＲのパトロール隊の一つにすぎないという言い方をした。

狼男は何を考えているのだろう。

ただ、荒れる若者たちが気に入らず、制裁を加えているだけなのだろうか。それとも、ほかに何か目的があるのだろうか。

私は、しばし茫然としていた。何もわかっていないことに気づいたのだ。ただ、闇雲《やみくも》に歩き回っているだけだった。

能代と話をしなくてはならないと思った。だが、せめて一日膝を休めたかった。能代もしばらく安静が必要な状態だと、赤城が言っていた。

明日まで待とう。私は、そう決めるとごろりとベッドに横になった。

午前の患者の治療が終わったところで、私は、能代に会いに病院に出かけた。能代の様態は前に見たときと変わっていない。

そう簡単に快復する怪我ではない。

能代は私を見ると、上半身を起こそうとした。

「そのままでいい」

「礼儀にうるさいんだ。そういう教育を受けたんでな」

「わかっている。だが、楽にしてくれ。話が聞きたいんだ」

能代は、また頭を枕にそっと乗せた。顔をしかめている。ひどい頭痛がするようだ。頭蓋骨にひびが入っているのだから当然だ。

なるべく手短に済ませようと思った。

「俺から何を聞き出したい？」

能代は、苦痛に耐える表情で言った。

「あんたは、本当に真島の居場所を知らないのか？」

能代は、驚いた表情で私を見た。

「なんでそんなことを訊くんだ？」

「知りたいからだ」

「心外だな。俺があんたを騙しているとでも言いたいのか?」

「誰かが嘘をついている。あるいは隠し事をしている。それが、あんたじゃないという保証はない」

能代は、眼をそらした。天井を眺めている。

「俺は本当に真島がどこにいるか知らない。だから、あんたのアイディアを採用して夜の街をうろついていた。そうしたら、このざまだ」

「探偵が、手がかりさえ見つけられないというのはおかしな話だと思ってな」

「どんなやつでも、必ず生活していた痕跡は残る。戸籍や住民票、健康保険や年金。電話、ガス、水道……。だが、真島は何も残さなかった。それには事情があるんだ」

「事情?」

「真島が自分で部屋を借りたのだったら、かならず痕跡が残ったはずだ。しかし、彼は、修拳会館の川越支部で借りたアパートの一室に、内弟子として住み込んでいたんだ。自分の家具も持っていなかった。その部屋にやってきたときと同様に、バッグ一つで出ていった」

「修拳会館・川越支部が借りたアパート? それは、黒岩さんが独立したときにはどういう扱いになったんだ？」

「黒岩さんが知り合いの不動産屋から借りた部屋だった。だから、黒岩さんが独立した後は、黒岩道場のものとなった」

「それにしても、何の手がかりも残さないなんて……」

「真島は、実に用意周到に動いたんだ。周囲の人間にも悟られないように姿を消した。ただいなくなっただけなら、行方を追うのは簡単だ。だが、真島はそうじゃなかった。誰にも見つかりたくないと考えたんだ。そうなると、個人で見つけだすのはなかなか難しい」

「なぜだ？　なぜ、真島は姿を消そうとしたんだ？」

「狼男になるためだろう」

「狼男になる目的は何だ？」

「言っただろう。真島は試合の道を絶たれた。だから、ストリートファイトで実力を試すしかなくなったんだ」

「そんなことだけのために、手間をかけて姿を消す必要があるとは思えない」

「だって、危険じゃないか。真島が喧嘩を売っている相手は、何をするかわからん、街のギャング気取りのガキどもだ」

「それにしても、そんな手間暇をかけるほどのこととは思えない。何かほかに理由があるに違いない」

　能代は、眉間《みけん》に皺《しわ》を刻んで私を見ていた。困惑しているように見える。

　しばらく私を見つめていた能代は、やがて言った。

「俺は、黒岩さんの言うことを信じていただけだ。たしかに、妙だとは思ったが、格闘家はそんなもんかもしれないと思い込んでいた」

　私はうなずいただけだった。格闘家や武道家は誤解されやすい。

　疲れたのか、能代はまた間を置いた。

「あんた、もう手を引いてくれ」

「今さら、その言い草はないだろう」

「本当なら、あんたにそんな義理はないんだ。つまらんことに巻き込んじまった」

　私は溜め息をついた。

「黒岩さんは俺の患者だ。俺は患者に対して責任がある」

　能代は、目を見開いた。

「あんたが、危険に近づいている気がする。もういい。この仕事はなかったことにする」

　危険に近づいているという実感は私にもあった。ガキどものオヤジ狩りなどではない。もっと危険な何かだ。

「怪我をしたからといって、弱気になることはない」

私は言った。「真島は見つける」

能代は目を閉じて、小さく溜め息をついた。顔色が悪くなってきた。そろそろ話を切り上げなければならない。

「じゃあ、また来る」

私は言って、ベッドの脇の丸い腰かけから立ち上がった。能代が目を開けた。

「嘘をついているのは、おそらく黒岩だ」

能代が言った。私は能代を見つめた。能代が私を見た。

「誰かが嘘をついているとあんたは言った。だとしたら、それは黒岩に違いない。彼は何かを隠している」

私はうなずいた。

「ようやく探偵らしくなってきたじゃないか」

能代は心配そうに私を見ていた。

私は、うなずいてから病室を出た。

夜になるとまた冷え込んできた。冬の季節風が冷え切ったコンクリートとアスファルトの間を吹き抜ける。

私はまた池袋にやってきていた。すでに、三日目だが、いっこうにこの街に対する愛着がわいてこない。

慣れていない街というものはそういうものだ。私は学生の頃から池袋よりも、新宿や渋谷に馴染みがあった。

もし、タクたちが噂を流してくれたとしたら、そろそろ広まっている頃だ。街の噂は広がるスピードが早い。その上、今の若者には携帯電話がある。

月曜日の夜とあって、サラリーマンの姿は少ない。月曜日から飲み歩けるほど懐に余裕のあるサラリーマンは少ない。酔っぱらいは、若者ばかりだ。

あてどもなく池袋の東口からサンシャイン60にかけての通りを歩いていたが、今日からは違う。

能代を襲撃した連中が、タクたちの流した噂を聞きつけたら、かならず私にちょっかいを出してくる。私はそう読んでいた。

私は、目立つように繁華街の賑やかな通りを歩き、その後に一歩裏手の路地に入り、ひっそりと人気のない公園のあたりまで足を運んだ。

公園の脇には、駐車場のビルや小さな教会が並んで建っている。

私は、誰かが声をかけてくるのを期待していた。緊張している。恐怖感がないかといえば嘘になる。しかし、今はそれ以上に好奇心が勝っていた。そして、かすかな怒りもある。能代を痛めつけた連中に対する怒りだ。

ストリートギャング気取りの若者が声をかけてくるものと思っていた。

だが、意外にも私は、若い女性の声で背後から名前を呼ばれた。

「美崎センセ」

振り向いて私は驚いた。

「有里……、おまえ、こんなところで、何やってんだ?」

「コンパの帰りなの」

「一人か?」

「うん」

「不用心だな。もうじき、終電がなくなる時間だぞ」

有里は酒気を帯びているようだ。頬がほんのりとピンク色だった。眼が潤んでいて、妙に艶《つや》っぽい。

「近くのカラオケで二次会やってたの。もしかしたら、先生がいるんじゃないかと思って歩いていたら、本当にいるから、もうびっくり!」

「驚いたのは、こっちのほうだ。どうして俺がこのあたりにいると思ったんだ?」

「狼男を探して歩くと言っていたでしょう?　狼男、池袋に出ることが多いんだ」

「さあ、駅まで送ろう。もう帰ったほうがいい」

「やだ。先生の手伝い、する」

「ばかを言うな」

「先生、あたしがいたほうが、絶対に便利だよ」

「いいから、電車があるうちに帰るんだ」

酔っている有里は、なかなかうんと言わない。ようやく、納得させて駅まで送ろうとした。

「いいよ。あたし、走っていくから」

「途中でナンパされるなよ」

「だいじょうぶだよ。慣れてんだから」

有里は手を振ると、人混みの中を駆けていった。若々しい躍動感を感じさせる走り方だ。

なるほど、杖をついた中年男など足手まといになるだけか……。

私は、再び若者たちがたむろする通りに引き返した。それから、同じように人気のない裏通りへと足を運ぶ。

公園に差しかかったとき、目の前に何かが現れた。大きな人影だと気づいたときには、杖を失っていた。

相手のローキックではじき飛ばされたのだ。しなやかな動きだった。ローキックは、見えないほど素早かった。

背中に戦慄《せんりつ》が走った。本当に震えがきたのだ。

それくらい、目の前の男は威圧的だった。表情は見えない。毛むくじゃらの仮面をかぶっているからだ。

狼男が今、私の目の前に立っている。

私は、あわてて後ずさった。足がもつれそうになる。膝が痛くて、足をひきずっていた。自分の動きの鈍さに苛々《いらいら》する。

私は、狼男を視線で牽制《けんせい》しつつ、杖がどこにあるかを探した。あった。

公園の中に落ちている。私は、少しでもそちらに近づこうとした。

狼男は動かない。自信に満ちた態度だ。私は、相手の攻撃が届かない安全な距離を保ち、話しかけた。

「君は真島譲治か?」

相手は何も言わない。マスクの奥の眼は、水銀灯のかすかな光を反射してぎらぎらと光って見えた。

「私は、美崎照人。黒岩先生の治療をしている整体師だ」

狼男は何も言わない。態度に変化もない。

相手がすぐに話に応じてくれるとは思ってはいない。だが、話をしておく必要はあった。もし、狼男が、黒岩や能代の言うとおり、真島だとしたら、私の言うことに耳を貸すかもしれない。

「私は、黒岩先生に頼まれて、真島譲治を探している。君が真島譲治なら、私の話を聞いてくれ」

狼男は、何も言わずにこちらを見つめているだけだ。攻撃しようともしない。こちらの話を聞こうということだろうか。

私は、その眼を見てぞっとしていた。

もしかしたら、マスクなどではなく、本物の顔なのではないか。目の前にいるのは、本当の人狼なのかもしれない。そんな気がしてくる。

「君が真島譲治なら教えてくれ。なぜ、ストリートファイトを続けている？　君の本当の目的は何なんだ？　私はそれが知りたい」

もし、このまま話を続けられたら、相手はこたえたかもしれない。だが、話はそこで中断した。

私の背後から、複数の人間が近づいてくる気配がした。

私ははっと振り向いた。

数人の若者たちが歩み寄ってくる。

ヒップホップ系のストリートファッションに身を包んだ若者たちだ。全員が、頭に何かをかぶっている。毛糸の帽子が多い。そのほかに、野球帽のようなキャップやバンダナをかぶっているやつもいる。人数は五人。おそらく、能代を襲撃した連中だ。

私は、狼男に眼を戻した。

「こんな連中の相手をしている暇はない。君と話をしなければならないんだ」

背後から近づいた若者は、私をじりじりと取り囲んだ。誰も口をきかない。

私は、杖に眼をやった。公園の中に横たわっている。

私も公園の中にいた。そこで、若者たちに囲まれていた。その包囲網の外に狼男が無言で立っている。

若者たちの一人が殴りかかってきた。

私は最小限の動きでそれをかわした。膝が悪いので、そういう動きしかできないのだ。

すぐに次の攻撃が来るのはわかっていた。

わかっていたが、かわせなかった。

背後から、脇腹に回し蹴りをたたき込まれた。私は肘を脇腹に引きつけ、かろうじてブロックしたが、衝撃は大きかった。

すぐに別のやつが攻撃してくる。ボディーに向けて三連打が来た。

これはきいた。

息が止まる。思わず体を折った。

あえいでいる私に、誰かがローキックを飛ばしてきた。さすがに、これには耐えられなかった。

左膝に激痛が走り、私はついに立っていられなくなった。

倒れれば袋叩きにあう。それがわかっているから、なんとか立っていようと思っていた。

だが、だめだった。

杖は三メートル先にある。絶対に手が届かない位置だ。

地面に倒れると同時に、いくつもの靴がいっせいに襲いかかった。痛みや恐怖よりも、怒りと苛立ちを感じた。

攻撃を加えてくる相手に腹が立ち、なにもできない自分に腹が立つ。

怒りはやがて、絶望に変わる。

能代の怪我を見てもわかる。こいつらは手加減ということを知らない。

私は、頭を抱えているしかなかった。自然に体が丸くなり、胎児のような形になる。

若者たちは、一切口をきかない。それが不気味で腹立たしい。

急に周囲の雰囲気が変わった。何が起きたのかわからなかった。誰かが喚《わめ》いている。

私を襲っていた蹴りの嵐が止んだ。それでも私は、顔を上げられずにいた。頭を両手でかかえて、地面で丸くなっていた。

肉を打つ重い音が聞こえて、私は自分の両手の間を覗き見た。包囲が解けている。私を袋叩きにしていた連中は、別の誰かを気にしているようだった。

また誰かが叫んだ。

その声がようやく意味を成す言葉として私の耳に届いた。

「おっさん、だいじょうぶか?」

どうやら、誰かが私に声をかけているようだ。私は、両手を地面について自分の体を持ち上げた。

金髪の若者がすぐそばにいた。タクだ。チャパツのジェイもいた。そして、毛糸の帽子をかぶったカーツもいる。

彼らは、私を取り囲んでいた若者たちと戦っている。だが、不利なのは明らかだ。タクたちのほうが人数が少ないし、喧嘩慣れしていない。

だが、タクは、何をすべきかよくわかっているようだった。彼は私の杖を手にしていた。若者の一人がタクに殴りかかった。タクはそれをかわすこともできなかった。

しかし、殴られる直前、タクは杖を私に放っていた。私は、しっかりとそれを受け取った。

手にしっくりとなじむ杖の感触で、私の体の中ににわかに力がわいてきた。蹴られたダメージは体中に残っている。だが、アドレナリンがそれを打ち消してくれている。

さらに怒りが、痛みをやわらげた。

私は頭に来ていた。

集団で一人を攻撃するというやり方に腹が立った。さらに、問答無用で攻撃しつづける連中の態度にも腹を立てていた。

私は、タクを殴った相手に近づいた。そいつが振り向いたとたん、杖を突き出した。本当は、喉か目を突いてやりたかった。だが、それではやりすぎだ。

私は鳩尾《みぞおち》を容赦なく突いた。

若者は、目を見開いた。私の杖は、その若者の太陽神経叢《そう》に突き立った。横隔膜が痙攣《けいれん》して呼吸ができなくなったはずだ。

その若者は、何が起きたかわからない様子でしばらく立ち尽くしていた。鯉が餌《えさ》を求めるように、ぱくぱくと口を開いて空気を求めている。だが、横隔膜が呼吸を拒否している。

若者はそのまま、前のめりに崩れ落ちた。

すぐに別のやつが後ろから殴りかかってきた。物音と気配でわかる。

私は、右足を中心に体をさばきながら振り向いた。同時に杖を水平に振っていた。握りの部分を相手の耳の下に叩き込む。その一撃で、相手はあっけなく気を失った。こめかみに叩き込まなかったのが、せめてもの思いやりだ。

二人を倒された五人組は、にわかに慎重になった。私は、狼男の姿を求めて周囲を見回した。

その姿はすでになかった。

また一人が近づいてきた。フルコンタクト空手の構えのようだ。拳を顔面の両側に構えている。

相手が一歩出ようとした。その瞬間に杖で胸を突いてやった。相手の出鼻をくじいたのだ。相手がひるんだ隙《すき》に、私は、杖で相手の左膝を突いてやった。

はっとして、左足を引いた。だが、遅い。杖の先はしっかりと相手の左膝を捉えていた。

私は杖の先を地面につき、相手の出方を待っていた。

足が動いた。その瞬間に私は、握りの部分を横から叩きつけてやった。やはり左の膝だ。

相手は、また足を引いた。

フルコンタクト空手をやっているのなら、脛《すね》はかなり鍛えているはずだ。しかし、膝を棒などで叩かれる痛みには慣れていないはずだ。

いや、その類の痛みには慣れることはできないのだ。

相手は明らかに嫌がっている。私は、一歩《ほ》歩を進めた。相手は逃げようとする。その瞬間にまた、杖の握りで相手の膝を打つ。

ついに、相手のフルコンタクト野郎は、左膝を押さえてうずくまってしまった。それは一瞬のやり取りだったが、こっちだって、ただではやられていないということを、相手の集団に思い知らせるに充分だった。

私は、彼らを追いつめる気はなかった。ダメージの大きい仲間を連れて逃げてくれれば、それでいい。

私は言った。

「倒れているやつらを連れて、さっさと消えろ」

五人組のうち、立っているのは二人だけだ。二人は顔を見合わせた。それから、私のほうを警戒しながら、倒れている仲間を助け起こした。

倒れていたやつらも、ダメージは残っているものの、意識ははっきりしていた。彼らは、じりじりと後ずさりし、やがて、公園から去っていった。

私に膝をやられたやつが、左足を引きずっている。今後は、杖を持っている人には気配りを忘れないことだ。

私は、五人組が消えた方向をずっと見据えていた。まだ腹の虫が収まらない。喧嘩の後というのは、いつもこういう気分になる。

ストリートファイトというのは、勝っても負けても気分が悪い。

「すげえな……」

その声に私は、振り返った。

チャパツのジェイの声だった。そこには、タクとカーツもいた。そして、驚いたことに、有里もいた。

私は有里に言った。

「どうして、ここにいる。帰ったんじゃなかったのか?」

「心配になって、戻ってきたんだよ。そうしたら、やっぱり、先生、危なかった」

タクが言った。

「この子が、助けを求めていたんだ」

「おまえたち、知り合いか？」

私が驚いて尋ねると、タクは笑いを浮かべた。

「まさか……。足の悪い人が、公園で襲われているって聞いたんで、咄嗟《とっさ》にあんたのことを思い出したんだ」

有里が言った。

「あたし、必死でいろんな人に声かけたんだから……。こういうときに限って、ＣＲとか、いないんだから……」

タクは有里に言った。

「何言ってんだよ。ＣＲじゃないか」

私は、タクの言葉に、思わず彼の顔を見ていた。

「何だって？　どういうことだ？」

「あんたと戦っていた相手だよ。あれ、ＣＲの人狼親衛隊だぜ」

「間違いないか？」

「間違いねえよ」

なるほど……。

赤城の読みは当たっていたことになる。能代を襲ったのもやつら、つまり人狼親衛隊に違いない。

赤城は人狼親衛隊に話を聞きに行くと言っていた。いったい、彼は何をやっているんだ……。

まあ、いい。最初から警察など当てにしていなかった。

私はあらためて、タクたちを見た。

ジェイは鼻血を出している。カーツの左目蓋《まぶた》が腫《は》れていた。タクも唇を切っている。なかなか勇ましい姿だ。

「まだ、礼を言ってなかったな。来てくれて助かった」

ジェイが目を輝かせて言った。

「俺たちなんて、必要なかったんじゃん？　あっという間にやつらをやっつけちまった」

私はかぶりを振った。

「駆けつけたときに、見ただろう。俺はフクロにされてたんだ。最初に杖を取り上げられてな。そうなると、手も足も出ない」

「でも、杖持つと、強えな」

ジェイが言う。「沖縄の棒術とかいってたっけ？」

「そうだ」

「俺も習いてえな」

私はほほえんだ。

とにかく、こいつらに礼をしたかった。

「腹減ってないか？」

ジェイがタクを見た。

タクがこたえた。何かを決めるのは、タクの役割らしい。

「ちょうど何か食いてえなって思ってたとこだ」

「また、ラーメンでも食いに行くか？」

「ラーメンかよ……」

ジェイが言った。「俺、焼肉が食いてえな」

「わかった。焼肉でいい」

「あたしも行く」

有里が言った。

タクたちが、ちょっと嬉しそうな顔をした。タクたちにとっては、ずいぶんと年上だが、オヤジよりも若い女性といっしょのほうがずっと楽しいに決まっている。

すでに電車は終わっている。いまさら一人で帰れとも言えない。私は有里に言った。

「しょうがない。焼肉を食ったらすぐに帰るぞ」

私は、タクたちに案内されて、路地裏の焼肉屋に入った。

若い彼らの食欲は旺盛だった。細身に見える有里もよく食べた。有里の場合、摂取するカロリーよりも、消費するカロリーが上回っているに違いない。

ジェイが言った。

「さっきの話だけど……」

「何の話だ？」

「棒術を習いたいって話。俺、本気なんだけどな……」

すると、タクが言った。

「俺も興味がある」

タクは恰好をつけている。教えてくれと言いたいのだが、素直に言えないのだ。

「人にものを教わるときは、ちゃんと頭を下げて頼むんだよ」

有里が言った。「この先生は、整体の先生で武道の教室開いてるわけじゃないんだ。そういう人から教わろうっていうんだったら、なおさら丁寧に頼まなきゃ」

さすがは、体育会系だ。

タクたちも素直に話を聞いている。オヤジの説教など聞きたくないが、兄貴分や姉貴分のいうことは素直に聞くらしい。

「機会があったらな」

私は言った。

棒術くらい教えてやってもいいかもしれない。彼らは私を助けてくれた。そして、重要な情報をくれたのだ。焼肉くらいでは、申し訳ないかもしれない。

7

タクシーで有里を送ってから、自宅に引き上げた。都心に住んでいるとタクシー代だけはあまりかからずに助かる。

部屋についたとたんに、どっと疲れがやってきた。傷も痛みはじめる。

五人組は、最初のうちはやりたい放題だった。もう少し、タクたちが来るのが遅かったら、あばらの一本くらいは折られていたかもしれない。

へたをすれば、能代のように病院送りだ。私は、能代と二人で入院しているところを想像した。うんざりとした気分になった。

シャワーを浴びた。浴槽につかって疲れを取りたかったが、時間がもったいない。十分でも長く眠りたかった。時計を見ると、すでに午前三時を過ぎている。

熱いシャワーをたっぷりと浴びると、湯の温度を徐々に下げていった。最後には冷たいシャワーにして、傷を冷やした。

ほとんどが打撲傷なので、冷やすのが一番だ。擦過傷もあるが、消毒するだけでいい。

浴室を出てタオルで体を拭《ぬぐ》った。ひどい痣《あざ》になっているところには、施術室から持ってきた湿布薬を貼った。

これで明日にはかなり楽になるはずだ。顔面を殴られなかっただけよかった。これでも客商売なのだ。

パジャマ代わりのスウェットのトレーニングウエアを着ると、ベッドにもぐり込んだ。

人狼親衛隊が、能代と私を襲った。

能代や私が狼男を探しているという理由で……。タクが言ったように、人狼親衛隊は、CRの活動を逸脱しているようだ。制服も着ていなかった。

もはや、人狼親衛隊は、自警団ですらなく、暴力的な犯罪集団と変わりない。つまり、かつてのチームやストリートギャングと同じなのだ。しかも、彼らは、格闘技や武道の心得があり、CR時代にストリートファイトの経験も積んでいる。

手強い集団だ。

CRは、その危険性をはらんでいた。ガーディアン・エンジェルスは、地域に密着したボランティア活動を続けている。だが、それに飽き足らなくてやめていく若者がいる。

CRはそういう若者の受け皿になったのだ。もともと自警団的な傾向が強い。そして、血気にはやる若者の行動はエスカレートする。

狼男の出現は、あるきっかけになったのかもしれない。

つまり、CRの活動にすら飽き足らない若者のグループに、さらに過激な活動をするためのきっかけを与えたのだ。

狼男がそれを望んでいたかどうかはわからない。だが、結果としてそういうことになってしまった。

CRの徳丸は、その事実を認めたくなかったのだろう。

私は、狼男の眼を思い出していた。向かい合ったときの威圧感がよみがえり、またぞくりと背中に震えが走るのを感じた。

あれは、本当に真島譲治という男なのだろうか。

誰も狼男が真島だという確証を握っているわけではない。

黒岩にしても、推理しているにすぎない。考えてみれば、根拠など何一つないのだ。

狼男ともう一度会うチャンスはあるだろうか。

会わねばならない。だが、正直なところ二度と会いたくない……。

そんなことを考えているうちに、私はいつしか眠っていた。

雨宮由希子は、タイトスカートのスーツにキャメルのコートという姿で整体院にやってきた。チャコールグレーのスーツで、配色は落ち着いているが、スカートの丈はかなり短めだ。

『パックス秘書サービス』の女社長だが、自ら営業活動もやるらしい。この恰好《かっこう》は、営業にかなり効果的であることはたしかだ。

男であれば、誰でも話を聞きたくなる。元スチュワーデスだということだが、どういう経緯で会社を立ち上げたのか、私は知らない。知ろうとも思わない。

経営者というのは、ストレスがたまるのだろう。しつこい肩こりと頭痛に悩まされていた。

私が治療するようになって、嘘のように楽になったと言っている。整体師冥利《みょうり》に尽きる。

治療を終えると、約束どおり食事にでかけることになった。

狼男や人狼親衛隊のことが頭から離れなかった。由希子は、南青山にあるレストランに私を連れて行った。基本は中華料理だが、店の雰囲気はしゃれたレストランだ。

ペキンダックが売り物だというので、前菜の盛り合わせやら、いくつかの炒め物とともにそれを注文した。

「また何か問題を抱えているの？」

ビールを飲み干し、私たちは白ワインを開けていた。

グラスについた口紅をナプキンで拭い、彼女はそう尋ねた。

「ええ。問題は尽きません」

「例えば……?」

「マンションのローンはなかなかきつい。冬になると、特に左膝が痛む。リビングのドアの建て付けが悪くなってきた……。まあ、そういったことです」

「そして、気の進まぬ相手に、無理やり食事を誘われる……」

「思い出せるかぎりでは、そういうことはありませんでしたね」

「でも、あまり楽しそうじゃないわ」

「すいません。楽しく食事をするという習慣がないのです。食事はエネルギーの補給でしかないと長い間思っていたもので……」

「先生は、もっと人生の楽しみを知るべきね」

「けっこう楽しんでますよ」

能代にも同じようなことを言われる。もっと楽に生きろ、と。

別につらい人生だとも思わない。過去にはいろいろあった。だが、誰だってそうだ。過去を持たない人間はいない。

たしかに料理はうまいが、私にとっては、気取りすぎだ。中華料理なら、香港《ホンコン》の大衆食堂で食ったのが一番うまかった。

鳩の骨やらシャコの殻などをテーブルの上や床に投げ散らかしながら食べるのだ。本来、ものを食うという行為はそういうものだということを実感させてくれた。

売り物のペキンダックは、さすがに絶妙な味だった。表面はぱりっと焼けており、脂と味噌の甘みが口の中で解け合う。だが、いかんせん、包みが小さすぎる。量も少ない。

私は食い物に関しては意地汚いほうなのかもしれない。量がないと満足できない。

若い時代の食習慣というのは、中年になってもなかなか変えられない。私の食習慣は、修拳会館の選手時代に培われた。

とにかく、エネルギー源を確保し、タンパク質を取らないと体が保たなかったのだ。沖縄でさんざん内臓を痛めつけたが、決定的な事態に至らなかったのは、その頃の基礎体力があったからだろう。

食うことは大切だ。私はそのことを骨身に染みて知っている。だが、誰かと食事を楽しむというのは別問題だ。

雨宮由希子といっしょにいて楽しくないなどと言ったら、罰が当たる。彼女は、おそらくほとんどの男性の理想像だ。

だが、できればもっと気楽な付き合いがしたい。二人きりで食事をするというのは、どうも堅苦しい。それだけのことだ。

「じゃあ、そのいろいろある問題の中で、今あなたを一番悩ませているのは何なの？」

漆黒の瞳がこちらを見つめている。その眼は澄んでよく光っている。

私は、十通りほどのこたえを考えた。そして、迷った末に話した。

「能代さんが、人探しの依頼を受けました。ある空手家の弟子です。その弟子は、どうやら今世間で騒がれている狼男らしい。そして、能代さんは、怪我をして入院。代わりに私がその弟子を探すはめになったというわけです」

由希子は眉をひそめた。

「どうして、先生が……？」

「能代さんにはいろいろと弱みを握られていましてね」

「探偵の仕事を肩代わりしなくちゃならないほどの弱みなの？」

「そうかもしれない」

由希子は溜め息をついてから、言った。

「空手家の弟子と言ったわよね」

「そうです」

「そのことも影響している？　つまり、その空手家は弟子に、狼男の真似事などやらせたくないわけでしょう？　その気持ちがわかるから、手を貸すことにした……。違う？」

私はうなずいた。

「そのとおりです。放ってはおけませんでした」

由希子は小さく肩をすくめた。

私たちは、食後の温かいウーロン茶をゆっくりと飲んでいた。

「女が立ち入れる世界じゃなさそうね」

そう言われると、なんだかとても愚かなことをしているような気がしてくる。たしかに、女には理解しづらいかもしれない。

私は、由希子と話していて気づいたことがある。それを、素直に口に出した。

「ただ、能代さんに頼まれたからとか、その空手家の気持ちを考えたからというだけじゃないかもしれない。私は、狼男の強さが気になっていたようです」

「若い頃のように血が騒ぐというわけ？」

「そうなのかもしれません」

たしかに私は、狼男の強さに心が引かれていた。強い者への憧れ、そして、どのくらい強いのかという興味。単純な思いだ。

だが、私はときどきその単純な思いに抵抗しきれなくなる。女に比べると、男はいつまでたっても子供だとよくいわれる。

私は、その意見を否定することはできない。

「仕事上、あたしたちは、秘書ということになっているから、余計なことは言わない」

由希子が言った。「でも、一言だけ言わせて」

「何です？」

「あたしにできることがあったら、言って」

私はその言葉に素直に感謝した。


翌日、私は赤城の携帯電話にかけた。

赤城は、いつもの不機嫌そうな声だった。

「月曜の夜に、狼男に会いました」

「どこでだ？」

赤城の声からは驚いた様子は感じ取れない。

「池袋の東口。サンシャイン60の近くの小さな公園です」

「それで……？」

「五人の若者が駆けつけて、私を袋叩きにしようとしました」

「能代と同じ目にあったというわけか？」

「なんとか、たいした怪我をせずに済みましたがね……」

「あんたの腕は知っている。街のチンピラがかなうはずはない」

「ただのチンピラじゃありませんでした。知り合いが言うところによると、彼らは、ＣＲの人狼親衛隊です」

赤城がうめいた。

「そいつは確かだろうな」

「それを確かめるのが、警察の仕事じゃないんですか。赤城さん、人狼親衛隊に会ってみると言ってたじゃないですか。口だけだったんですか」

「会ったよ」

ますます不機嫌そうな声になった。「だが、やつらが能代を襲ったという証拠はない。通り一遍の話しか聞けなかった」

「すでに彼らは、ボランティア活動からはみ出してます。いや、自警団としての活動からもはみ出してますよ。ＣＲの徳丸という代表はそのことを隠そうとしている」

「そりゃ、そうだろうな。ＣＲのイメージダウンになるからな」

「人狼親衛隊は、その名のとおり、狼男を守るために戦っているようです。能代さんと私が襲われた理由は同じです。狼男を探し回っていたからです」

「わかった。人狼親衛隊にはもう一度探りを入れてみよう。能代やあんたの証言があれば、起訴できるかもしれない」

「狼男に会ったのに、人狼親衛隊のせいで逃げられました」

「それで、あんた、これからどうする？」

「同じように狼男を探して、街をうろつきますよ。それしか手はありません」

赤城は何も言わなかった。止めもしなければ、手を貸すとも言わない。

警察としては、充分に譲歩しているというところだろうか。あまり警察に頼らず、解決できる問題は市民が自分たちで片づけるべきだと、いつか赤城は言った。だが、いざ何かをやろうとすると、余計なことをするとしょっ引くぞ、という警察と対立することになる。

「気をつけてくれ」

赤城が言った。「俺があんたを逮捕するようなはめにならないようにな」

「俺の身を案じてくれるわけじゃないんですか」

「そんなタマか」

面接時間の終了間際に、能代を見舞った。

多少顔色がよくなったような気がする。

月曜に狼男に会ったことを伝えると、能代はそのときのことを詳しく聞きたがった。

私は話した。狼男と話をしようとしているところに、人狼親衛隊が現れて邪魔をしたこと。おそらく、能代を襲ったのも人狼親衛隊だろうということ。そして、赤城にもこの話をしたこと……。

能代はうめいた。傷が痛んだせいかと思ったが、そうではなさそうだ。おそらく、もどかしいのだ。

体を動かせないもどかしさ。そして、何かが見えそうで見えないもどかしさ。

「狼男が真島かどうかは、確認できなかったんだな？」

能代が尋ねた。

「確認できなかった。だが、何か格闘技か武道をやっていることは間違いない。体格からわかる。かなりの腕だ」

「戦ったわけじゃないんだろう？　どうしてわかる？」

「ローキックを見た。それだけでわかる」

「せっかくのチャンスを、人狼親衛隊につぶされたというわけか。狼男に会うチャンスがそうそうあるとは思えない」

どうだろう。私は思った。

「黒岩さんにはどう話す?」

私が尋ねると、能代は平然と言った。

「ありのままを話すさ。あとで俺が電話しておくよ」

私はうなずいてから言った。

「なんだか、俺たちはひどく手際が悪いな……」

「ああ」

能代が言った。「あんたは素人だ。しかたがない」

「とにかく、今夜も街に出てみる」

「池袋か?」

「そうだ。月曜日に狼男に会ったあたりを、また歩いてみる」

「望み薄だな。同じところに現れるとは思えない」

「まあ、やってみるさ」

私は病院を出た。

私には予感があった。

狼男は、また私に会いにやってくる。

おそらく、彼は誰かが自分を探しているということを噂で知っていたのだろう。月曜日は、彼のほうから私を見つけて、私の前に姿を現したのだ。

そして、私は、黒岩に頼まれて会いに来たということを伝えた。あのときは、邪魔が入って話はできなかったが、もし、彼が真島譲治だったら、黒岩に伝えたい言葉があるのではないかと考えたのだ。

私はまた池袋の街にやってきた。そして、街を歩き回り、例の小さな公園にやってきた。

まだ十一月だが、すでに街は年末の装いだ。クリスマスの飾り付けが至る所に見られる。公園から教会が見えるが、教会にも大きなクリスマスツリーが飾られていた。

深夜、すでに電車はない。街にはまだ若者の集団がいくつか見られる。寒さの中で、無目的にたたずんだり、建物の前の階段に座り込んだりしている。

この日、公園にやってくるのは三度目だった。そして、私はそこで、また知っている人物に会った。

その男は、公園のほぼ中央に立っていた。私の足音にはっと振り返った。

黒岩だった。

彼は私を見ると、緊張を解いた。

「やあ、先生。能代さんから聞きましたよ。ここで、真島と会ったんですって?」

「真島君だったかどうかはわかりません。彼は一言も口をききませんでした」

黒岩は何度かうなずいた。

「その後、人狼親衛隊がやってきて、話の邪魔をしたわけですね」

「そう。私も危うく、能代のようになるところでした」

「また現れると思いますか？」

私はうなずいた。

「きっと現れます。そんな気がします」

水銀灯の淡い光の中で、黒岩がかすかに笑った。

「先生は整体だけじゃなくて、予言もするのですか？」

「狼男は何かを訴えようとしていた。私はそう感じるのです。会話を拒否していたわけではない。邪魔が入らなければ、狼男はきっと何かを話してくれた。そんな気がするんです」

黒岩は、ぶるっと身震いして言った。

「それにしても、冷えますね」

「歩き回っていれば、それほど気になりませんよ」

「じゃあ、歩きましょう。芯まで冷えてしまいそうだ」

「あなたは、依頼人だ。いっしょに歩くことはない」

「私は先生に依頼したわけじゃない。探偵の能代さんに人探しを頼んだのです」

「私は能代の代わりをやっているんです」

「先生」

黒岩は言った。「私がなぜ真島を探しているか知っているでしょう。ただ居場所を知りたいだけじゃない。会わなければならないんだ。会って、説得しなければならない」

黒岩は、おそらく真島の本当の目的を知っている。それを、能代にも私にも話そうとしない。

何か事情があるのだ。それを尋ねるべきか、そっとしておくべきか考えていると、通りのほうが騒がしくなった。

「何だろう……」

黒岩が言った。

「行ってみましょう」

私は、杖をつきながら通りのほうに向かった。走れないことがもどかしい。

私は今でも、ときどき、杖なしで全力疾走している夢をときどき見る。その頬で風を切る爽快感の余韻に浸り目を覚ます。その感覚はもう夢の中でしか味わえない。

通りでは、若者たちのグループが喧嘩をしていた。入り乱れて殴り合いをしている。

「止めに入るべきかな……」

黒岩が言った。

「そうですね」

私がそう言ったとき、暴れる若者たちの中に誰かが飛び込んでいった。

私と黒岩は立ち尽くしていた。

狼男だった。

喧嘩をしている若者たちは、両方のグループを合わせて十人以上いる。その中に、たった一人で突っ込んで行ったのだ。

たちまち、三人が地面に這《は》いつくばった。腹へのパンチだ。正確に言うとあばらを打つ直突きで、フルコンタクト系の空手の技だった。

強い。

最小限の動きで、最大の効果を発揮している。わずかなステップで、相手の攻撃をかわし、すぐさまカウンターを決める。

鍛え上げているやつでも、あの突きを食らったら立っていられるかどうかわからない。

さらに、ローキックだけで、三人を倒した。喧嘩をしていたグループは、散り散りになって逃げ去った。

黒岩が、歩み出た。

「真島！」

彼は狼男にそう呼びかけていた。

狼男がその声に振り向き、黒岩を見た。

しばらく二人は見つめ合ったまま立ち尽くしていた。

やがて、狼男は、細い路地に駆け込んだ。

「待て」

黒岩がそれを追って走り出した。

私は、杖をつきながら、二人を追った。たちまち二人は見えなくなる。

「くそっ」

私はうめいた。

役立たずの膝め。

私は、ほとんどヤマカンで、路地から路地へと歩き回った。風俗関係の店やホテルが並ぶ一画を過ぎ、一回りしてもとの場所に戻る。

二人を見失ってしまった。

ふと私は思いついて、教会の脇の公園に行ってみることにした。杖をつき、足を引きずって公園へ急ぐ。

思った通りだった。

二人はすでに始めていた。

黒岩と狼男が公園の中で対峙《たいじ》していた。三メートルほどの距離を取っている。まだ、戦いが始まる間合いではない。彼らは話し合っているようだ。

私は公園には足を踏み入れず、木陰からそっと二人の様子をうかがっていた。二人はたしかに話をしていた。だが、遠くて何を話しているのかはわからない。

さらに薄暗くて黒岩の表情もよく見えない。

じりっと、黒岩が前に出た。

狼男は動かない。足を八の字に開き、黒岩に正面を向けて立っているだけだ。

黒岩はさらに間合いを詰めた。すさまじい威圧感だった。離れていてもそれがわかる。

もし、向かい合っていたら、蛇に睨《にら》まれた蛙のようになってしまうかもしれない。

狼男はやはり動かない。

私は、杖をもつ手に汗が滲《にじ》むのを感じた。狼男は、おそろしく強い。黒岩もまた、強い。

たしかに狼男は若い。だが、若さをしのぐ老獪《ろうかい》さというものもある。

黒岩はひたすら前へ出るのが自分のスタイルだと言っていた。がむしゃらに前に出るだけではないことが見て取れる。彼は、気迫で相手を圧倒しながら、前に出ていくのだ。

さっき見た狼男の戦い方は見事だった。危なげなく体をさばき、最小限の動きで相手の攻撃をかわした。そして、絶妙のタイミングでカウンターを決める。

道場の中だけで学んだ戦い方ではない。ストリートファイトで学んだ、実戦的な戦い方だ。

黒岩とは対極的な戦い方だ。

どちらもおそろしく強い。狼男には若い体力があり、黒岩には、相手を圧倒する迫力がある。

私は、木陰から見守るしかなかった。ここで私が顔を出せば、また狼男は姿を消してしまうだろう。

さらに、私が手出しすることを、黒岩が許さないだろうと思った。彼にも誇りがある。そして、彼は自分の責任を果たそうとしているのだ。

狼男は戦う気がないようにも見える。ひっそりと自然体で立っているだけだ。だが、これが曲者だ。自然体というのは、実はいかようにでも対応できる一番実戦的な構えなのだ。

じりっ。

また、黒岩が間合いを詰めた。もうじき、間境《まざかい》に来る。どちらかが手を出せば届く間合いだ。

それを超えた瞬間に戦いは始まる。

ルールのある試合などでは、先に間境を越えたほうがポイントを取る確率は高い。試合は先手必勝だ。喧嘩でもたいていそうだ。しかし、格闘技に長《た》けた者の戦いは違う。カウンターを狙《ねら》っている場合がある。

突然、黒岩の口から「しゅっ」という呼気の音が聞こえた。

同時に、左右の突きが狼男の胸目がけて繰り出され、さらに右のローキックが、左の大《だい》腿部《たいぶ》に飛んだ。

だが、いずれの攻撃も空を切っていた。

狼男は、軽いステップで左右に体をさばいていた。

さらに、黒岩は左右の突きから蹴りへのコンビネーションを出しつつ、前へ出る。

狼男は、それをかわし、そして柔らかくブロックした。一発の決定打もない。だが、明らかに狼男は押されている。

黒岩の攻撃は続く。いずれも、素早く、力強い。空気を切り裂く音がはっきりと聞こえる。すさまじい攻撃だった。私は、背筋が寒くなった。

黒岩は体力の限り前へ出て攻撃を続けるつもりだ。一歩も引くつもりはなさそうだ。

しかし、一瞬の油断が、勝負を一転させた。黒岩が、ミドルキックを放った。ストリートファイトにおいて、蹴りはタブーだ。片足になるのは、自分の体勢を崩すことを意味している。

狼男は、黒岩のミドルキックをブロックし、そのまま足を抱えて軸足を刈った。黒岩は地面に転がる。

危ない。

私は思った。黒岩の起きあがる動きが緩慢だ。道場での戦いに慣れているせいだ。道場内の組み手や試合では、倒れたら、止めが入る場合が多い。だが、実戦では、倒されたらとどめを刺されると考えねばならない。

あるいは、体力の問題か。攻撃しつづけるのは、おそろしく体力を消耗する。黒岩は、自分で予想していたよりも体力を失っていたのかもしれない。

狼男は、起きあがろうと手を突いた黒岩の頭部目がけて回し蹴りを放った。危険な技だ。決まればノックアウトだ。

黒岩は、反応できなかった。

やられる。私は思った。

だが、狼男は蹴りを中断していた。足を下ろすと、狼男は、黒岩を見下ろしていた。黒岩は、地面に手をついたまま狼男を見上げていた。

どれくらいそうしていただろう。

複数の男たちが駆けつける足音が聞こえてきた。

何者かはわかっている。人狼親衛隊だ。

彼らは、常に携帯電話で連絡を取り合っているようだ。街中の動きを監視し、狼男に関わる事件が起きたらすぐに駆けつけるのだ。

五人の若者たちが、黒岩を取り囲んだ。見覚えのあるやつらだ。やはり、人狼親衛隊だ。

黒岩はさっと起きあがり、身構えた。

「どけ、邪魔だ」

黒岩の声が聞こえる。

その態度を見て、ことのからくりが見えてきたような気がした。

狼男は、じりじり後退していく。

人狼親衛隊は、手に武器を持っている。三段式の特殊警棒だ。なかなか面倒な武器だ。見た目よりずっと破壊力がある。

まともに食らえば骨が折れる。

私は、歩み出た。

人狼親衛隊の一人がはっと振り向く。私は、そいつの胸を杖で突いた。どん、というしっかりとした手応えがあり、そいつは、後方へひっくり返った。

胸骨の上にある、膻中《だんちゅう》という急所だ。そいつは、地面にひっくり返って、激しい痛みにもがいた。

黒岩は、狼男を追おうとした。二人の人狼親衛隊のメンバーがその前に立ちふさがった。

「どけっ」

黒岩は、一人に殴りかかった。

一撃で一人が吹っ飛んだ。

残った三人はたじろいだ。いくら人狼親衛隊といえども相手が悪い。黒岩は修拳会館の指導員だ。

大きな声が聞こえた。

「そこまでだ」

聞き覚えのある声だ。私は声のほうを見た。

赤城が立っていた。

彼は、警官隊を引き連れている。

「凶器準備集合罪と、傷害罪の現行犯だ。そいつらをしょっぴけ」

警官隊がいっせいに駆けだした。人狼親衛隊のある者は抵抗し、ある者は逃げ出そうとした。しかし、結局、全員検挙されていた。

赤城はその様子をじっと見つめていた。

私は茫然と、検挙の様子を見ていた。警察官たちは容赦なかった。抵抗する相手には、警棒を叩きつける。

黒岩も立ち尽くしている。

やがて、警官たちは人狼親衛隊のメンバーを引っぱっていった。赤城は何も言わず、踵《きびす》を返して彼らとともに去っていこうとした。

私は赤城に言った。

「どうしてあなたが、ここに……？」

赤城は振り返った。

「見てのとおりだ。やつらは全員凶器を手にしていた。凶器準備集合罪。そして、二人の中年男を取り囲んでいた。傷害罪の疑いもある。金品の強奪の事実があれば、恐喝なんかもくっつけてやる」

「私も武器を持っているんですがね」

赤城は私の手を見た。

「それは、武器じゃない。杖だ」

赤城は、能代の傷害事件の件で、人狼親衛隊の動きをマークしていたのだろう。人狼親衛隊が動きだしたので、警官隊の応援を要請した。駆けつけたら、私たちがいたということだ。

いや、赤城はいずれ、こういうことになるのを読んでいたのかもしれない。私が街をうろついていれば、人狼親衛隊がまた私を襲うことは予想がついた。

自分を襲った連中が検挙されたと聞けば、能代の気分も多少は晴れるだろう。

黒岩が私たちに近づいてきた。

赤城が黒岩を横目で見て私に尋ねた。

「この人は？」

私は、黒岩を紹介した。

「なるほど……」

赤城が言った。「能代に人探しを頼んだのは、この人だな」

私の口からは何も言えない。私は、黒岩を見た。

黒岩はうなずいた。

「そうです。私が真島を探してくれるように能代さんに頼んだのです」

「真島？」

「私の弟子です」

「狼男か？」

「そうです」

赤城は、私を見て言った。

「人探しなら、俺が口を出すことじゃねえな」

赤城は、私たちに背を向けて歩きだした。

私は赤城の態度が気になっていた。何かを疑っている。それは、警察が関心を持つ何かだ。

私は黒岩に尋ねた。

「あれは、真島でしたか？」

黒岩はうなずいた。

「間違いなく真島です」

「話はできたのですか?」

黒岩は苦しげな顔になった。

「彼は問答無用でかかってきました。やつは、あのマスクのとおり、野獣と化しています。私は化け物を野に放ってしまった」

私はその言葉に違和感を感じた。

少なくとも、狼男は問答無用でかかってきたという感じではなかった。

二人は確かに何か話をしていた。そして、先に仕掛けたのは、むしろ黒岩のほうだった。

さらに、狼男は、蹴りを途中で止めたのだ。あの蹴りが決まっていれば、今頃黒岩は病院にいたかもしれない。

わだかまりが残った。

だが、いい。私の役割はすでに終わった。二人を会わせることが私の役割だった。黒岩は、真島を探していた。そして、黒岩は今夜狼男に会った。

彼は狼男が間違いなく真島だと言った。つまり、黒岩は真島と会うことができたわけだ。

探偵の仕事として充分かどうかはわからない。私にそれを求められても困る。能代のピンチヒッターに過ぎないのだ。

誰がどんな嘘をついていても、かまわない。黒岩は真島に会った。それで終わりだ。

私は、黒岩と別れ、タクシーを拾って自宅に引き上げた。

8

翌日は金曜日で、治療の予約が入っていないのを幸いに、能代に会いに病院に出かけた。そこに赤城がいた。

赤城は、人狼親衛隊の余罪について、能代に供述を求めているのだった。赤城が、何枚かの写真を能代に見せている。

赤城にしばらく待ってくれと言われ、私は廊下に出た。

病院の廊下というのは、慌ただしい。何もすることがなくベンチに座っていると、取り残されたような気がする。

最近は、昔のように病院全体がクレゾールの臭いに満ちているようなことはなくなった。なぜだろうと、私は考えていた。使用する消毒薬の種類が変わったのだろうか。

赤城に呼ばれて、私はクレゾール臭について考えるのをやめ、能代の病室に向かった。

赤城とすれ違いで部屋に入った。

「俺をこんな目にあわせたやつらが捕まったそうだな」

能代が言った。「あんた、その場にいたんだって?」

私はうなずいた。

「黒岩さんもいっしょだった」

「狼男と黒岩さんを会わせることができたんだな?」

「妙な成り行きだったが、結果としてはそうなった」

「二人は話をしたのか?」

「話をした後、戦った」

「狼男は本当に真島だったのかな?」

「黒岩さんは間違いないと言っていた」

「そうか……」

能代はそれだけ言った。

「これで、仕事は終わりなのか?」

私が尋ねると、能代は天井を見つめた。

「黒岩さん次第だな。狼男が真島だと、俺自身が確認したわけじゃないし、住んでいる場所や連絡先を見つけたわけじゃない。半端な仕事だが、依頼人がそれでいいと言えば、仕事は終わりだ」

「それを聞いて、ほっとしたよ」

「俺は黒岩さんと連絡を取ってみる」

「じゃあ、私はお役ご免だな」

「ああ、ごくろうだった。礼はあらためてする」

「礼なんて、いいさ。私が好きでやったことだ」

「そうはいかんさ。言っただろう? 俺は律儀な世代なんだ」

私は病室を出た。

廊下に赤城がいたので驚いた。私を待っていたらしい。彼はさきほどまで私がすわっていたベンチから立ち上がった。

難しい顔をしている。何事か考えているらしい。消毒薬の臭いについて考えているのではないことだけは確かだ。

「ちょっと話せるか?」

赤城が言った。

私は承知した。こちらから赤城に訊《き》きたいこともある。

私たちは病院を出て赤城の車に乗った。警視庁の車ではなく、赤城個人の車だが、無線機が付いていた。

赤城はエンジンをかけた。ヒーターがきいてくるまでにはまだ間がある。

運転席で、背もたれに体をあずけ、前を見たまま赤城が尋ねた。

「どこまで知っている？」

私には何のことかわからなかった。だから、正直に言った。

「能代さんを手伝っただけですよ」

「狼男に会ったな。やつから何か聞いたか？」

「いいえ。話はしていません」

「CRの代表に会ったと言ったな。徳丸だ。徳丸からは何か聞いたか？」

「CRのPRを聞かされました」

赤城は私を見た。普段会う赤城ではない。刑事の眼をしている。

それから正面に視線を戻し、彼は言った。

「黒岩豪という名前に、聞き覚えがあった。それで調べてみた。すると、徳丸という名前にもつながった」

「過去に何かあったんですね」

赤城はうなずいた。

「ある事件だ」

「どんな事件です？」

「黒岩の息子が殺された」

何かあると思っていた。

「誰に殺されたのですか？」

「それが、わからない。行きずりの犯行だ。今年の六月のことだ。池袋駅の近くで、喧嘩があった。黒岩の息子は、それに巻き込まれて頭を殴られ、アスファルトの地面に昏倒《こんとう》。硬膜外血腫《こうまくがいけっしゅ》で死亡した。傷害致死事件だ。目撃者によると、ストリートギャング風の連中が喧嘩をしていたということだ。容疑者はまだ見つかっていない」

「徳丸とつながったと言いましたね？」

「ああ。先生は、徳丸というのはもと警察官だと言った。それで調べてみた。徳丸が最後に手がけた事件は、黒岩の息子の傷害致死事件だった」

「黒岩と徳丸は、知り合いだったということですか？」

「事件を担当していたんだから、当然知り合いだろう」

ＣＲの事務所を訪ねたとき、私は、徳丸が私たちのことをあらかじめ誰かに聞いていたような印象を受けた。黒岩だったに違いない。

赤城は続けた。

「徳丸は、容疑者がつかまらないことに苛立《いらだ》ちを覚えた。そして、無力感を感じたんだ。

それで、警察をやめてCRを作ったんだ」

「いつのことです?」

「徳丸は、六月に警察をやめている。それからすぐに準備にかかったんだろうな」

「狼男が噂になりはじめたのは、夏過ぎのことですね。何か関係あるんですか?」

赤城は頭の脇をかいた。

「ある、と俺は考えた。それで、人狼親衛隊のメンバーをちょっと叩いてみた。やつら、ぺらぺらとしゃべってくれたよ。徳丸は、黒岩の息子を殺した連中を今でも探し続けている。そのための精鋭部隊が人狼親衛隊だ」

「真島とのつながりは?」

「そいつは確認できていない。だが、黒岩の息子ってのは、道場で真島と仲がよかったという話だ」

「黒岩さんの息子も、空手をやっていたんですか?」

「ああ。真島の後輩に当たる。真島は、ずいぶんとかわいがっていたそうだ」

真島が狼男になった理由が、ようやく理解できた。

やはり、試合に出られなくなったので、ストリートファイトをやっている、などという単純な理由ではなかった。

真島は復讐《ふくしゅう》を誓ったのだ。

「徳丸が真島に狼男をやらせているのですか？」

「いや、それはない」

赤城は断言した。「真島は勝手に始めたんだ。だが、それは徳丸には好都合だった。CRは、あくまでもボランティア団体だ。社会的に受け容れられなければならない。過激な自警団だというレッテルは貼られたくはない。狼男が、その代わりをやってくれた。そして、密かに人狼親衛隊を狼男の周辺で活動させ、情報を集めていた」

「警察は、黒岩さんの息子を死なせた犯人について捜査していないんですか？」

「もちろんしている。しかし、行きずりの犯行の捜査は、難航する」

「徳丸はなぜ警察の捜査では満足できなかったのでしょう？」

「警察官は、いろいろと縛りがきついからな。勝手に動き回るわけにはいかない。組織で動くことに苛立ちを募らせたんだろう」

「それだけですか？」

赤城は、憂鬱《ゆううつ》そうに溜め息をついた。

「これは想像だがな……、徳丸は、容疑者を法の手にゆだねる気はないのかもしれない。傷害致死で、しかも初犯だったら、たいした刑期はつかない。少年だったりすりゃ、三年ほどで娑婆《しゃば》に出てくることもある。それが、許せなかったのかもしれない。黒岩の息子の件だけじゃない。好き勝手に暴れる若者を法が充分に処罰しているとは思えなかったんだろう。法がやらないのなら、俺がやる。そう考えたのかもしれないな」

「警察はそういう考え方を許さない」

「そのとおりだ。私刑は許さない。だから、自警団を警戒する」

私は徳丸のことを思い出していた。

何かを隠していると感じた。だが、悪い印象はなかった。

私刑のために、CRを作ったとは思えない。彼が私にしゃべったことはたてまえかもしれない。だが、かなりの本音が含まれていたように思う。

私は人を信用しすぎるのだろうか。だが、徳丸にも、信じられる部分はあったと感じている。

「徳丸がリンチなど考えていなくても、狼男が容疑者を見つければ、同じことになりますね」

私は言った。

赤城は私を見た。

「人狼親衛隊は、狼男の活動を助けていた。さらには、わざと騒ぎを起こして、狼男の存在をアピールしようとしていた。世論は、狼男と人狼親衛隊の側につきはじめていた」

それはタクが言っていたこととも一致する。「警察にとっては、ＣＲと狼男は同じ穴のムジナということですか」

「そう考えたほうがわかりやすいだろう」

私は警察官ではない。事実関係だけを拾い集めてストーリーを組み立てることは苦手だ。その代わり、人の感情がどうしてもひっかかる。

黒岩はどうして真島を探していたのだろう。昨夜、黒岩は狼男に何を話したのだろう。そして、なぜ戦わねばならなかったのだろう。

狼男は、黒岩にとどめを刺さなかった。蹴りを途中でやめたのだ。あれは単に、師に対する礼儀だったのか？

黒岩と徳丸は何を話し合い、互いにどう思っているのだろうか。

どうも、そういうことばかりが気になった。そして、もう一つ、どうしても気になることがあった。

私はそれを赤城に話すべきかどうか迷っていた。

能代にはまだ言っていない。

それが何を意味しているのかわからないのだ。一人で考えていても、こたえは出ないかもしれない。誰かの助けが必要だ。

　私は赤城に話すことにした。

　私は、言った。

「狼男は少なくとも二人います」

　赤城が、驚いた顔で私を見た。やはり、その事実は知らなかったようだ。

　しばらく、私の顔を見つめた後に、赤城は言った。

「そりゃ、どういうことだ？」

「俺にも、どういうことかわかりませんよ。でも、たしかです。月曜日に会った狼男と昨夜会った狼男は別人です」

「間違いないのか？」

「体つきや、動きに関しては、私はプロです。そして、月曜に狼男に会ったときには、その正体には気づきませんでしたが、昨夜、はっきりとわかりました」

　赤城は眉をひそめた。

「何者だ？」

「月曜日に俺が相対したほうの狼男は、黒岩さんでした」

「黒岩……？　間違いないのか？」

「武術家として向かい合ってみればわかります。あの威圧感は、独特です。昨日見かけた狼男は、体つきは、立派でした。でも威圧感はなかった。代わりに若者独特のしなやかな動きをしていました。真島だったのでしょう」

「真島だけでなく、黒岩も狼男だったというのか」

「俺には、黒岩さんの真意がわからないんです」

「たしかにな……」

赤城は考えていた。やがて、彼は言った。

「三人寄れば、文殊の知恵という言葉、知ってるか、先生。二人じゃだめでも、三人集まればなんとかなるかもしれない」

「すぐ近くに、もう一人何か知ってそうな人物がいそうな気がするんですが……」

「二人、雁首《がんくび》そろえて、もう一度、見舞いに行くか？」

赤城は、能代の病室に向かった。私はそれに続いた。

カーテンを閉め、赤城が能代に言った。

「狼男は一人じゃなかったと、先生が言うんだ。それについてどう思う？」

能代は油断なく赤城を見つめている。

「ああ……、別にどうも思わないが……」

「一人は真島、もう一人は黒岩だというんだ。こりゃ、どういうことだ？」

能代は無表情を装っていたが、さすがに、黒岩が狼男だったと聞いて眼が泳いだ。

能代は私を見た。

私は言った。

「間違いない。最初は不気味なマスクに気を取られていて、気づかなかった。だが、徐々に確信するようになった」

能代は無言で考えていた。

赤城が言った。

「黒岩と徳丸はつながっていた」

彼は、黒岩の息子の事件と、それを徳丸が捜査していたことを説明した。

能代は驚かなかった。

どうやら、ある程度のことは知っていたらしい。探偵なのだから不思議はない。能代はそれを私に話さなかった。そのことが不愉快だった。

やはり、能代も私に隠し事をしていたことになる。

私は能代に言った。

「黒岩さんから依頼を受けた後、私のところに二人でやってくるまでのいきさつをくわしく教えてくれないか」

能代は、一度目を閉じた。頭の中を整理しているようだ。やがて、彼は目を開き、話しはじめた。

「黒岩さんは、飛び込みで俺のところにやってきたわけじゃない。以前に、新宿の飲み屋で知り合ったんだ。息子さんの事件のことは、人から聞いて知っていた。十一月になって、黒岩さんが突然訪ねてきた。人探しをやってほしいという。真島を探してくれというんだ。理由は訊かないでほしいと言われた。理由を訊くななどと言われたら、普通は断るんだが、俺は黒岩さんのことが気に入っていてな……」

「俺のところに来たのはなぜだ？」

「黒岩さんが、体のあちらこちらを傷めていると言ったからだ。本当だ。俺は、ただ、黒岩さんを治療してもらいたくて、あんたを紹介したんだ。ただ……」

「ただ、なんだ？」

「そのときに、あんたのことを詳しく話した。かつて、空手をやっていて、世界大会直前までいった選手だった。その後、膝を傷めたが、沖縄で空手の名人に古流の空手と棒術を教わり、今でも腕は衰えていない、とな……。すると、最初は乗り気じゃなかった黒岩さんが、俄然《がぜん》興味を持ちはじめた」

「どういう興味だ?」

「強いということへの興味だろう」

「それで、二人は私のところにやってきた」

「そうだ」

「黒岩さんは、俺に言った。街で暴れている真島を自分の手で何とかしたい。それが失敗したときには、俺に頼むと言ったんだ」

能代はうなずいた。

「俺は本気でそう思っていたよ」

「だが、真島が狼男になった理由も、黒岩さんが真島を探している理由も、そんなに単純じゃなさそうだ。いったい、黒岩さんの本心は何なんだ?」

「それは、本人に訊かなきゃわからん」

「無責任だ。何もわからずに、私を巻き込んだというのか?」

「そうだよ」

能代はあっさりと言った。「この件は、俺一人の手に余る。そう思った。だから、あんたに手伝ってほしかった」

「最初からそう言えばいいんだ」

「俺だって手探りだったんだ。何もかもわかっていたわけじゃない」

「わかっていることだけでも、全部話せばよかったんだ」

「そうしたら、あんた、引き受けなかっただろう？」

私は言葉を呑み込んだ。

たしかに、手を貸そうとは思わなかっただろう。能代にはかなわない。

赤城が割って入った。

「黒岩が、狼男の真島を探していた。その黒岩が狼男だった。これはどういうことなんだ？」

能代は、天井を見つめていた。考えているらしい。私も考えていた。私が、黒岩なら……。

やがて、能代は言った。

「敵討《かたきう》ちだろう」

赤城が言った。

「息子のか？」

「それしか考えられない」

赤城が考えながら言った。

「つまり、こういうことか？　真島と黒岩は二人で狼男となって、協力して黒岩の息子の敵討ちをしようとしている、と……」

「違う」

能代は言った。「黒岩は、真島に手を引かせたいんだ。だから、真島の居場所を知りたがった」

私は尋ねた。

「そのために俺の手を借りようと思ったのか？　ならば、ちゃんと話してくれればよかったんだ」

能代はさらに言った。

「それもちょっと違う。黒岩は、揺れ動いていたんだ。真島が自分の息子の敵討ちをしようとしていることを知った。そんな真島に対して、どう説得すればいい？　誰かに頼りたくもなる。だから、一度は、あんたに助けを求めた。だが、それが間違いだったと気づいたんだ。だから、自ら狼男になる方法を選んだ。真島に罪を犯させるくらいなら、自分がやる。そう決めたんだろう」

黒岩の心が揺れ動いているという一言は説得力があった。

息子が殺された。

そして、一番眼をかけていた弟子が、姿を消して、狼男として世間を騒がせている。そして、どうやら、その狼男の目的は、自分の息子の敵討ちらしい。それを知ったとき、どうしていいかわからなくなるのが当然だ。

　私は能代に尋ねた。

「徳丸はどう絡んでいる？」

「それは俺にはわからん」

　赤城が言った。

「徳丸は、世間には内緒で人狼親衛隊を動かしていた。人狼親衛隊はＣＲのはみ出し者などではない。徳丸の直属の部隊だった。徳丸の命令で狼男の活動を助けていたんだよ」

　私は、言った。

「こう考えることもできる。黒岩さんは、私とあんたを巻き込んで狼男を見つけさせる。そして、狼男が真島だと信じ込ませる。そうしておいて、自分も狼男となり、息子の仇を探す。敵討ちをした後に、罪を真島になすりつける……」

　能代はかすかに首を横に振った。

「黒岩さんにそんな真似はできないよ。だいいち、あんたは、狼男が二人いることをすぐに見破ってしまったじゃないか」

「結果的にそうなっただけだ」

能代はもう一度かぶりを振って、痛そうに顔をしかめた。

「逆だ」

「逆？」

「黒岩さんは、真島に罪を着せようなんて考えたわけじゃない。あくまで、真島を守ろうとしたんだ。そして、おそらくＣＲの徳丸もな……」

「徳丸も……？」

「人狼親衛隊を使って狼男を監視していたんだろう。人殺しなどしないようにな……」

私は半ばあきれて言った。

「人がいいな。本当にそう信じているのか？」

能代は真顔で言った。

「信じている。人の善意が裏目に出ることがある。世の中悪党ばかりじゃないんだ」

私はなんだか急に気恥ずかしくなった。

そして、能代の言ったことを真剣に心の中で検討してみた。

あり得ない話ではない。

真島は、黒岩の息子の敵討ちをしようとしている。自分が正しいと信じているに違いない。そして、黒岩も徳丸も、真島に手を汚させたくはない。

やるなら自分がと、二人ともが考えている。そう考えると、不可解な出来事も筋が通りはじめる。

筋が通らないように感じていたのは、誰かの利害を読もうとしていたからだ。誰も得をしようとしていない。そこが不可解に見えたのだ。

赤城が言った。

「俺は徳丸に話を聞いてくる。あんたらは、もう余計なことはするな」

能代が言った。

「俺はこのありさまだ。なんにもできないよ」

私はなぜだか腹が立ち、赤城に言った。

「何でもかんでも警察を頼らずに、解決できる問題は自分たちで解決すべきだと言ったのは、赤城さん、あんたじゃないですか」

「これはもう警察の領分だ」

赤城は私を見据えた。「先生、もうあんたの出る幕はない」

私は言った。

「そう言ってもらって、大助かりですね。本業に精を出せます」

赤城はくるりと背を向けると、病室を出ていった。

その後、私と能代はしばらく何も言わなかった。

やがて、私は言った。

「人の善意を信じられなくなる。そんな自分が嫌になる」

「そうかい？」

能代は言った。「俺はお人好しの自分が嫌になるがね」

9

もうじき師走だ。テレビを見ても年末の慌ただしさが始まっている。だが、私の整体院のあたりは、いたって平穏だ。

特に、私のように自宅に閉じこもって仕事をする者にとっては、あまり実感がない。その実感のなさが、淋しく感じられることもある。季節感も失われていくような気がする。

老齢の患者が多いので、季節の話題は多いが、私はもっぱら聞き役だ。なるほど、老人は、季節に敏感なようだ。まだ、周囲に自然がいっぱいある時代に育ったせいだろうか。あるいは、時間がたっぷりあるので、季節の変化に気づく精神的余裕があるのかもしれない。

ようやく午後の施術がすべて終わってほっとしているところに、黒岩がやってきた。

「今日は予約は入っていないはずですが……」

私は黒岩に言った。

「いえ、今日は治療してもらいに来たんじゃありません」

「治療じゃない？」

「礼を言いに来たんです」

「何の礼です？」

「先生はもうお気づきなんでしょう？　最初に会った狼男が、私だってことに……」

私は、曖昧《あいまい》に首を傾《かし》げた。

「あのときは、てっきり真島だと思っていましたがね……」

「先生は、あのとき、私に代わって真島と真剣に話をしようとしてくれた」

「相手があなただとも知らずにね。とんだ恥をかきました」

黒岩はきっぱりと首を横に振った。

「いえ、私は感謝しています。先生は親身になってくださった。それを言いに来たんです」

「お子さんの敵討ちをやるつもりですか？」

黒岩は驚いたように私を見、それから納得したようにかすかにうなずいた。

「ご存じだったんですね」

「ごく最近、知ったのです」

「わかりません」

「わからない？」

「ええ。息子を殺した犯人は憎いと思います。この手で殺してやりたいというのが本心です。しかし、実際に犯人に出会ったら、どうしたらいいのか、私にはわかりません」

「法にゆだねるのでは不足だとお思いですか？」

「それしかないのかもしれません。しかし、懲役が三年とか五年なら許せない気がしますね」

たしかに、少年犯罪に関しては、日本の量刑は少なすぎる。まだ、少年に対して、更生するのではないかという幻想があるのだ。アメリカなどでは、少年に対しても死刑が求刑されるし、無期懲役などの判決も下っている。

アメリカは、少年犯罪の凶悪化に制度として対処しようとしている。日本では、凶悪化を嘆くだけで、対処のしかたは昔と変わらない。凶悪犯罪に対して、精神鑑定ばかりを繰り返す。

CRの徳丸は、少年犯罪など若者の犯罪は社会に対する挑戦であり、世代間の戦いだと言った。

彼の危機感のほうが正しいような気がする。

だが、みなが法を無視しはじめたら、社会が成り立たない。

「あのとき、公園で会った狼男は、本当に真島譲治だったんですね？」

「本当です。間違いありません」

「何を話していたんです?」

「狼男など、もうやめろと言いましたよ」

「真島は、息子さんの敵討ちをやろうとしているのですね」

黒岩はうなずいた。

「あいつは、敵討ちをするために姿を消したのです。説得しても聞く耳を持たないだろうと思いました。私はどうしていいかわからなかったのです」

能代は、黒岩の心が揺れ動いていたのだろうと言った。そのとおりだった。彼は自分を失っていたのかもしれない。

「真島にやらせるわけにはいかない。そのために、自らが狼男になったというわけですか?」

「狼男がもう一人いると知ったら、向こうから接触してくるかもしれない。そういう思いもありました。そして、敵討ちをすべきは、真島ではなく、私ではないかという思いもありました」

「やはり真島は説得に応じなかった。だから、あなたは、腕ずくでやめさせようとした。それが、あの公園の戦いだったわけですね?」

「そうです。しかし、やはり勝てなかった……」

私はかぶりを振った。

「ちょっとした経験の差ですよ。真島が街中の喧嘩に慣れていた。それだけのことです」

黒岩はしばらくうつむいていた。

顔を上げると彼は言った。

「私は、何より大切なものを失ったと思っていました。息子のことです。独立して、これからという矢先に事件が起きたのです。真島が姿を消した理由は、独立して試合に出られなくなったからではありません。息子が殺されたからなんです。自分の息子が殺され、その犯人が野放しになっているというのに、何もしようとしない私に業を煮やしたのかもしれません」

私は黙って話を聞いていた。

「たしかに私は大切なものを失った。しかし、失ったものより、今持っているもののほうが大切だということに、ようやく気づいたんです。私は、今の道場が大切です。そして、私の道場には真島が必要なのです」

私は黒岩が言ったことについて考えていた。過去のことよりも、未来のことを考えている。いい傾向だ。

私は言った。

「私もかけがえのない人を失いました。試合で膝《ひざ》を壊したのと同じ頃のことです。私は当時その女性と付き合っていて、将来は結婚するつもりでいました。私は何もかも失ったと感じました」

黒岩は、悲愴《ひそう》な顔をした。私の悲しみが理解できるのだろう。

「沖縄に行ったのはそのせいです。東京にいられなかったんです。私は沖縄で死にかけていました。自暴自棄になり、酒に溺れ、自分を自分で痛めつけていました。それを救ってくれたのが、上原正章という老人でした。彼に、古流のショウリン流という空手と棒術、それに整体術を学び、私は徐々に生き返りました」

「そうでしたか……」

「差し出がましいことを言いますが、私は、あなたにもそういう空手をやっていただきたい」

「そういう空手？」

「生きる意欲を失った人の心の支えになるような空手です」

黒岩はうなずいた。

「肝に銘じておきます。息子を死なせた犯人については、警察に任せようと思います」

「徳丸さんは、納得しますか？」

「私に道場があるように、彼にはＣＲがある。私の息子の事件が警察を辞めるきっかけになったのは確かです。でも、いつまでもこだわっていられないことは、あの人だってよくわかっているはずです。ＣＲの今後のため、と言えば、わかってくれるはずです。私はこれから、徳丸さんのところに行こうと思います」

大人の対応だ。

私は思った。

「さて、では、残るは真島のことだけですね」

「そうです。何としても、取り返しのつかないことをしでかす前に、辞めさせなければ……」

私は、そっと溜め息をついた。

しかたがない……。

「私が説得しましょう」

黒岩が心底驚いた顔をした。

「いや……」

彼はあわてて言った。「これ以上、先生にご迷惑をかけるわけには……」

「私の整体院に来た当初は、それを期待されていたのでしょう?」

私がそう言うと、黒岩は恥ずかしそうにうつむいた。

「おっしゃるとおりです。私はどうしていいかわからなかった。藁《わら》にもすがりたい気持ちだったのです。誰かに頼らずにはいられなかった」

「ならば、それをお引き受けしましょう」

「いや、それは、私の役目です。何もかも他人任せにしようとしていた、あの頃とは違います」

「だからこそ、お手伝いしようという気になるんですよ。真島は、あなたの言うことには耳を貸さなかったのでしょう?」

「説得には失敗しました」

「第三者が説得したほうがいい場合があります。今回がそうだと思います」

黒岩は、私が本気だと知ってさらに驚き、半ばあきれたような顔で私を見つめた。

能代は、お人好しの自分が嫌になると言っていたが、私にはその気持ちがよくわかる。

黒岩が言った。

「どうしてそこまで……」

「私は、患者さんにはとことん責任を持つ主義なんです」

黒岩がいきなり頭を下げた。

「重ね重ね、礼を言います」

「さて……」

私は言った。「それでは、また池袋の街を歩き回ることにしますか……」

街はすっかりクリスマス気分だ。

客引きがサンタクロースの恰好《かっこう》をしている。ビラ配りの女の子がダウンの詰まった長いコートにすっぽりくるまれていた。

私は、また一人で街をうろついていた。

まだタクたちが流した噂が、効き目を持っていることを祈った。でないと、あまりに効率が悪すぎる。狼男に出会うまで、何ヶ月もかかってしまうかもしれない。

あのとき、黒岩はなぜ狼男の恰好で私の目の前に現れたのだろう。街を歩きながら、そんなことを考えていた。

私を試したのかもしれない。

狼男が現れたときに、私がどういう行動を取り、何を言うか知っておきたかったのだろうか。

いや、そうではないだろう。

私に何もかもぶちまけようとして、やってきたのだ。だが、人狼親衛隊に邪魔をされてその機を逸してしまったというわけだ。

行く手の街角に、見覚えのある男が立っていて、私は思わずにやけてしまった。

その仏頂面が妙におかしかった。

赤城だ。黒いオーバーコートを着て、両手をポケットに突っ込んでいる。辻《つじ》に立ってあらぬ方向を眺めている。

私は赤城に近づいた。それでも、こちらを見ようとしない。

「こんなところで、何をしているんです？」

私は声をかけた。

赤城は、おもむろにこちらを向いた。

「先生こそ、何をしているんだ？」

「真島を探しています」

「すでに警察の領分だ。手を出すなと言ったのが聞こえなかったのかな？」

「真島はまだ、警察の世話になるような罪は犯していないのでしょう？」

「俺は防犯の見地から、問題視している」

「担当じゃないと言っていたでしょう」

赤城はうめいた。

「じきに電車もなくなる。帰って寝たらどうだ？」

「俺は夜遊びが好きなんです。知りませんでしたか？」

赤城はおおげさに溜め息をついて見せた。

「わかったよ、先生。真島をあんた一人に押しつけるわけにはいかないんだ」

「これは警察の仕事じゃありません。武術家が、友人の武術家の弟子を道場に連れ戻しに行くのです」

「何でもいい。一人で探すより二人で探したほうがいいに決まってる」

「そいつは、助かりますね」

私は正直に言った。「実は、さっきから膝が痛んでましてね」

「携帯で連絡を取り合おう」

赤城は、そう言って歩きだした。

私はその場にたたずんでいた。

ビルの前の階段に座り込んでいる若者たちが私たちのほうを見ていた。その眼が敵意に満ちている気がする。

例の公園に行ってみようかとも思った。だが、あそこで会った狼男は、真島ではなく黒岩だった。

狼男が、池袋に現れるとは限らない。今夜は、渋谷か新宿かもしれない。

立っていると、しんしんと冷えてくる。内側がキルティングになっている温かい革のジャンパーを着ていたが、それでも寒気が染み込んでくる。

私は、杖をついて歩きはじめた。

何度も同じところを歩き回り、結局また、例の公園に来ていた。息が白い。真冬の深夜だ。空に星が見えている。

ビルの谷間にある公園だ。街の明かりで星の数は少ないが、たしかに空は晴れわたっている。

私は、立木にもたれかかった。膝がじんじんと熱を持っている。今日は歩きすぎたかもしれない。

小さな砂利を踏む音が聞こえた。誰かの足音だ。公園に誰かが足を踏み入れたのだ。

私は、その音のほうを見た。

タクたちが流した噂は、まだ効き目があったようだ。

そこに狼男が立っていた。

彼はそっと私を尾行していたようだ。もちろん、マスクなどつけずに。公園に私以外誰もいないことを確かめて、マスクをかぶったに違いない。

私は、木立の下から歩み出た。

狼男はすばらしい体格をしている。しかし、やはり黒岩とは向かい合ったときの威圧感が違う。黒岩のときは、悪夢を見そうだった。

私と狼男の距離は約三メートル。互いに安全な距離だ。私は、狼男を観察した。

肩の筋肉が発達していて、なで肩に見える。首が太く、後背筋が発達している。大腿部《だいたいぶ》もおそろしく太い。筋肉が発達しているが、それがしなやかな印象を受ける。若い肉体だ。

毛むくじゃらの狼男のマスクは、黒岩がつけていたものとちょっと違う。

向こうもこちらを観察しているようだった。油断なくこちらを見つめている。

私は話しかけた。

「真島君か？」

狼男は返事をしない。警戒しているのだ。

私は、黒岩版狼男に会ったときと同じことを告げた。

「俺は、美崎照人。黒岩先生の治療をしている整体師だ」

そこまで言って、相手の反応を待った。

「それで……？」

狼男が言った。思ったより声は高い。若い声だ。「整体師が、なぜ狼男を探して歩いているんだ？」

「狼男に用があるわけじゃない。俺は真島譲治に用があるんだ」

狼男は、しばらく何の反応も示さなかった。私は、杖を持つ手に思わず力を込めていた。あのしなやかな筋肉は、恐ろしい運動能力を発揮するだろう。もしかしたら、三メートルの距離を一気に詰めて攻撃してくることが可能かもしれない。

狼男が動いた。

私の右手が、無意識にぴくりと反応した。

狼男は右手を頭に持っていった。頭頂をつかむとずるりと上に引っぱった。毛むくじゃらのマスクが取れて、真島譲治の素顔が現れた。意外と童顔だ。髪は短く刈ってある。武道家の心得だ。

「俺が真島譲治だ。俺に何の用だ？」

「黒岩先生の気持ちを告げに来た」

「先生の気持ちはもうわかっている」

「ならば、もう終わりにしろ」

「まだ、目的を果たしていない」

「黒岩先生の息子さんのことか？」

「武《たける》だ」

「タケル？」

「先生の息子の名前だよ。黒岩武っていうんだ」

私はうなずいた。

「不幸な事件だった。警察に任せるんだ」

「それじゃ気が済まないんだ」

「仲がよかったんだな」

「いっしょに先生の道場を盛り立てていこうと言っていたんだ。二人でいろいろな試合に出て、黒岩道場の名前を広めるつもりだった」

「君がやればいい。君なら充分に活躍できる」

「そういう問題じゃない。俺は、武といっしょにやりたかったんだ」

「気持ちはわからないではない」

「気持ちはわかるだって？」

真島は言った。「わかるはずない」

「口惜しいのはわかると言っているんだ。だが、君の行為が、今、黒岩先生を傷つけているんだ」

「この間、ここで会って話をした。先生はあきらめただけだ。だが、俺はあきらめない」

「違う」

「何が違うんだ？」

「黒岩先生はあきらめたんじゃない。過去よりも未来を選択したんだ。そして、その黒岩先生の未来を担うのは、真島、君なんだ。復讐《ふくしゅう》など終わりにして、道場に戻るんだ。時間を無駄にするな」

真島は、苦しげに顔を歪《ゆが》めた。

「うるさい。きれい事を言うな。俺は、武を殺したやつを許さない。先生は、弱気になっただけだ」

「本当にそう思っているわけじゃないだろう」

「これ以上、話すことはない」

「逃げるのか？」

私は挑発した。それが一番の早道だ。

真島は余裕の笑みを浮かべる。

「なぜ、あんたから逃げなきゃならないんだ？」

「俺が怖いんだろう？」

「何だって？」

真島は笑おうとした。だが、うまくいかなかった。彼は、私を睨《にら》みつけた。「怖いはずないだろう」

「怖いんだよ。俺のことも、黒岩先生のことも。俺たちが、君を過去から引きずり出そうとしているからだ。未来に足を踏み出すのが恐ろしいんだ。君にはその勇気がないんだ」

「そのへんにしておけ」

真島の声が低くなった。大型犬が唸《うな》るような感じだ。「俺は、足が悪いやつに手を出したくはないんだ」

「かまわないよ。やってみろよ。あんたが勝ったら、俺は二度とあんたの前には現れない。だが、俺が勝ったら、俺の言うことをきいてもらう」

「そっちが言いだしたことだぞ」

真島は言った。「後悔するなよ」

「なめてると怪我するぞ」

不意に、真島の気配が変化した。

風のようなものを感じる。あるいは、反発し合う磁力のような感じだ。真島の闘気だ。

真島はやる気だ。

どうせ、こうなるだろうとは思っていた。彼の戦いは二度見ている。一度は、不良どもを相手に、一度は黒岩を相手にしたときだ。

なかなかの試合巧者だ。

私は、自然体で立っていた。右手に杖を持ち、それを右足の前についている。

真島は、左前に構えた。だが、道場内の組み手で見られる窮屈な構えではない。

自然にはすになり、両手は柔らかく上下動している。膝は軽く曲げられている。

私は、動き回ることはできない。常に背水の陣というわけだ。若くて強いやつを相手にするのは嫌なものだ。

だが、真島は、黒岩ほどの威圧感はない。それがせめてもの救いだった。

実戦は一撃で決めなければならない。

それは、命のやりとりでも、街中の喧嘩でも同じだ。一撃で相手の動きを止められなければ、かならずダンゴになる。勝負はもつれる。喧嘩なら、血みどろの殴り合い、あるいはつかみ合いの消耗戦になる。

街中の喧嘩で鍛えた真島にもそれがわかっているようだ。だから、チンピラのようにうかつにかかってはこない。

向こうも一撃にかけているのだ。

実戦では必ず、一発目は顔面を狙《ねら》ってくる。ノックアウトの確率が高いからだ。だが、裏をかく場合もある。ボディーブローをフェイントに使い、そちらに神経をそらしておいて、顔面にフィニッシュブローを決めるのだ。

さらに、真島にはローキックがある。もし、真島のローキックが私の右足に決まったら、私は立っていられなくなる。双方の足を傷めることになるからだ。

そうなったら、勝負は終わりだ。私は、それを考えないことにした。

相手がローキックを出してきたら、迷わず杖を相手の喉に突き込む。顔面のどこかでもいい。それでひるまない相手はいない。

真島は慎重だ。私がカウンターを狙っているのを、肌で感じ取っているに違いない。すばらしい格闘家だ。

これが今、私が対峙《たいじ》している相手でなければ、手放しで賞賛してもいい。

真島はタイミングを見計らっている。

柔らかな動き。

高度な集中力。

このままだと、膠着《こうちゃく》状態だ。

私はじりっと前に出た。あのときの黒岩と同じだ。こちらからプレッシャーをかけなければならない。

真島は、動かないように見えて、小刻みに前後動を繰り返している。

やるな……。

私は、杖を握る右手に力が入りすぎないように注意した。得物はしっかり握りすぎると威力が落ちる。そして、余計な力が入ると攻撃に正確さを欠く。

正確さがこちらの命だ。

じりじりとした時間が過ぎていく。

私は寒さも忘れていた。

また、わずかに前に出た。カウンターを狙うためには、常にこちらから攻めるつもりでいなければならない。攻めながら待つのだ。

さらに、言葉で相手を惑わすことにした。

「どうした。足の悪い中年男が恐ろしいのか?」

「正直言って恐ろしいね」

真島はこたえた。「得物を持っているやつは、常に恐ろしい。特に、得物の使い方を心得ている相手はね……」

真島は戦いに入ってから、冷静さを取り戻している。

私にとっては不利な兆候だ。

「さあ、早く決着をつけよう」

私は言った。「寒くてかなわん」

余裕を見せたつもりだった。だが、真島は簡単にはひっかからない。

私は一センチばかり前に出た。

その一センチが恐ろしい距離に感じられる。磁力の反発のような力を感じる。すでに相手の攻撃が届く距離だ。

引け。

私は心の中で言った。

一歩でも引けば、こちらのものだ。

だが、真島はそれを心得ているようだ。決して引くつもりはなさそうだ。回り込もうともしない。

足音がした。公園の外だ。戦いに集中していると、感覚がすごく鋭敏になる。誰かがやってきて立ち止まった。

「先生」

私に呼びかける声がした。赤城の声だ。「そこで何やってるんだ」

一瞬、そちらに気を取られた。

その瞬間だった。正面から熱風を感じた。物理的な風ではない。真島の闘気だ。

真島のストレートが顔面に飛んでくる。

私は無意識のうちに、下段から杖を突き上げていた。顔面を狙っていた。

かわされた。

左のアッパーが来る。

のけぞるようにそれをかわし、杖を逆に持ち、握りの部分を振った。

さらに右のフックが来た。

したたかな手応えがあった。杖を握った両手に伝わってきたのだ。

真島のフックは、私の頬骨をかすっていた。杖の握りが、真島の左耳の下をとらえていた。真島の動きが止まる。

意識を失いかけているはずだ。私は、杖の先端で真島の顎《あご》を突き上げた。

真島はのけぞって、そのまま倒れた。

私は、杖の先を喉仏にあてがい、上から押さえつけた。

真島の眼から光が失せかけた。だが、すぐに彼は意識を取り戻した。喉仏に杖の先端を押し当てられているので、動けない。

下から私を見つめていた。

どれくらいそうしていただろう。私は、自分の呼吸の音を聞いていた。

やがて、真島がぐったりと全身の力を抜き、地面に大の字になった。負けを認めたのだ。

私は杖を引き、用心深く後ずさった。油断させておいて反撃に出るということもあり得る。

だが、真島は倒れたままだった。

赤城が近づいてきた。

「おい、殺したんじゃねえだろうな」

私は、声が出せなかった。

激しい緊張の後遺症だ。口の中がひからびて、唾《つば》も呑み込めない。

一気に汗が吹き出していた。冷たい汗だ。

赤城が心配そうに私の顔を覗き込んだ。私は、無理やりに唾を飲み込み、一つ深呼吸すると言った。

「だいじょうぶ。怪我もしていないはずです」

赤城は、真島を見た。

「こいつが真島か？」

私はうなずいた。

ようやく、極度の集中の後遺症が去りつつあった。私は普通に呼吸できるようになった。

私は真島に言った。

「男の約束だ。守ってもらうぞ」

真島は、星空を見ていた。

しばらくして、彼は言った。

「俺の負けだ」

私にはわかっていた。

真島も、終わりにしたかったのだ。黒岩の言うことも、私の言うこともわかっていたに違いない。だが、自分と折り合いが付けられなかったのだ。

自分に言い訳するために、きっかけが必要だった。

黒岩が勝っていたら、それがきっかけになっていただろう。だが、運悪く黒岩は勝てなかった。

本当に勝負は時の運だ。今度、私が真島と戦ったら勝てないかもしれない。

赤城が私に言った。

「これで満足したか?」

その言い草に腹が立った。

私は言った。

「ここで、真島に約束してください。警察は必ず、黒岩武を殺した犯人を逮捕する、と」

赤城は私を見据えた。それから、地面に大の字になったままの真島を見た。

「もちろんだ」

赤城は言った。「任せろ」

10

雨宮由希子が言った。

「なんだか、さっぱりした顔してるわね、先生」

彼女は予約どおりに治療にやってきていた。ストレスで首と肩が張っている。年末になると、人々は何かとストレスを溜め込むようだ。ストレスと懐の金は反比例する。丁寧にもみほぐしてから、頸椎《けいつい》と胸椎の矯正《きょうせい》をした。

頸椎の歪みは必ず腰椎にも現れるので、腰椎の矯正もしておいた。

「さっぱりした顔をしているのは、そっちのほうですよ」

「あたしは体がすっきり、先生は心がすっきり。違う？」

「まあ、そういうことかもしれません」

「問題の一つが解決したのね？」

「はい」

「狼男の件？」

「そうです」

「空手家の弟子を探していると言ってたわね」

「はい」

「見つけだしたの？」

「見つけました」

「それで、狼男をやめさせることができたの？」

「やめさせられたと思います」

問題は、もっとずっと複雑だった。だが、言葉にすれば、それだけのことだったのかもしれない。

由希子と話していて楽なのは、彼女のさっぱりした性格のおかげかもしれない。さすがに経営者だ。割り切りが早い。

物事にあまり執着しないように見える。

「じゃあ、今度、一杯どう？」

私はちょっと驚いて聞き返した。

「一杯ですか？」

「そう。いつも食事に誘うんだけど、先生はなんだかつまらなそうだから」

「そんなことはありませんよ。もともとこういう顔なんです」

「居酒屋で一杯、というほうがいいのかと思って」

「無理に私に合わせることはありませんよ」

「あら、あたしも居酒屋、好きよ。ちょっと気取ってみたかっただけなの」

私は、由希子が大衆居酒屋で酒を飲んでいるところを想像した。ミスマッチも悪くない。レストランで食事をするより肩がこらないに違いない。

「それは、気が楽かもしれません」

「じゃあ、決まりね。あんまり年が押し迫らないうちに行きましょう。年末の盛り場は混んじゃってどうしようもないから……」

そういえば、じきに忘年会の季節だ。

年を忘れる会。その年にあった嫌なことを忘れるための会ということだろうか。ということは、昔から人々は嫌なことを抱えて生きていたことになる。忘年会というのは、生きていくための日本人の知恵なのかもしれない。

由希子はさらに言った。

「二人で忘年会というのも、いいわね」

「そうですね」

私はうなずいた。

次の日、黒岩が治療にやってきて、言った。

「真島のやつが戻ってきましたよ」

嬉しそうな、照れくさそうな顔をしていた。

「よかったですね」

私は言った。「これで道場は安泰だ」

「いや、空手の道場なんて、一生安泰ということはありませんよ。経営はいつでも火の車です」

「それでも、以前よりはいい。違いますか？」

「たしかにね。今はやりたいことがやれる。自分の道場だという実感がある。これは何物にも代え難いですね」

「まず、あなたが空手を楽しむことです。あなたが楽しんでいれば、それが弟子に伝わる。そして、弟子が弟子を連れてくるようになります」

「先生には、本当に世話になりました。どれほどお礼を言っても足りません」

私は心苦しかった。

実をいうと、黒岩のためだけにやったわけではない。狼男の強さに興味を持ったのは確かだ。そして、若く強い真島と戦ってみたいと思ったことも事実なのだ。

「私は私のやりたいようにやっただけです。気にしないでください」

「そうだ、今度、また道場に来てください。納会があります。ぜひ、参加してください」

「それは楽しそうだ」

納会というのは、一年の稽古納めだ。稽古を早めに切り上げ、宴会をやる。懐かしい言葉だ。「ぜひ、うかがいますよ」


黒岩道場の納会は金曜日だった。

私は、稽古が見たくて七時に道場を訪ねた。

足を踏み入れて驚いた。

狭い道場に門弟があふれている。以前来たときの三倍はいる。一年の締めくくりということで、普段来ないような連中も稽古に出てきたということだろうか。

それにしても、人数が多い。白帯が圧倒的に多いのは、新人が増えたことを意味している。

黒帯の真島が悪戦苦闘している。基本を教えているのだが、とにかく人数が多いのだ。

真島は私に気づくと、駆け寄ってきた。

「オス。ご無沙汰しています」

礼儀正しく頭を下げた。空手着が似合っている。

池袋で見たときとは別人のように明るい印象だ。やはり、彼は道場に戻りたかったのだ。

誰だって、復讐だの敵討ちだのという陰惨な生き方はしたくない。

私は彼に歓迎されているようなので、正直いってほっとした。心の隅で、彼との戦いが、妙な遺恨を残さなければいいが、と思っていたのだ。

真島は私が考えていたよりずっと大人だった。

「すごい人数だな。どうなってるんだ?」

真島は一人の白帯を指差した。

なるほど、と私は思った。

徳丸だった。

「CRが通ってきているのか?」

「そうなんです」

真島が言った。「おかげで、道場の経営は楽になったと、黒岩先生は言うんですが……」

「教えるのがたいへんだな」

「そうなんです。一気に初心者が増えましたからね」

「でも、ＣＲの連中はたいてい何かの格闘技や武道の経験者なんじゃないのか？」

「ちょっとかじっただけの連中が多いんです。使い物になりませんよ」

その言葉には自信が感じられた。

黒岩が挨拶にやってきて、真島が稽古に戻った。

「その後、真島とは息子さんの話はしましたか？」

黒岩は、うなずいた。

「せがれの分も活躍してもらわなきゃ困ると言ってやりました。本音ですよ」

「そうですね」

「武は、いなくなった。でも、真島が戻ってきてくれた」

黒岩は、切なげに言った。「それだけでも、よしとしなければ……」

私は何も言えなかった。

稽古の締めくくりは、黒岩と真島のスパーだった。

池袋で戦った二人が、また道場で向かい合う。

互いに礼をして、構えた。黒岩はがっちりと構え、真島は浅く構え、軽くステップを使っている。

黒岩は、ローキックを飛ばし、左右の突きを出しながら、前へ出ていく。

真島はそれにカウンターを合わせようとするが、勢いに押されている。壁際まで追いつめられた。

スペースがない。くっつくほどに接近した距離から、真島は上段回し蹴りを出した。驚くほどの柔軟さだ。

黒岩は、それを両手でブロックする。その隙《すき》に、真島はするりと抜けだし、黒岩の背後に回る。

黒岩はすぐに振り向き、また左右突きからローキック、さらにまた左右の突きと、続けざまにコンビネーションを出しながら、突っ込んでいく。

真島は、ローキックで黒岩を止めようとする。黒岩は、それを膝でブロックして、さらに前に出ていく。

真島もさかんに反撃するが、有効打はない。互いに相手の攻撃をそらし、ブロックし、反撃する。

肉と肉、骨と骨がぶつかる音が響く。

道場の中はしんと静まりかえっている。誰もが、一瞬たりとも眼を離すまいとしている。

私もそうだった。

黒岩の体力は驚異的だった。彼は、真島とのスパーを楽しんでいる。心から楽しんでいる。それがわかった。

真島も楽しんでいた。

私はうらやましいと感じていた。

やがて、黒岩が片手を上げ、スパーを終了した。

誰かが拍手をした。その拍手が道場全体に広がっていった。私も拍手をしていた。

稽古を終えると、近くの居酒屋に繰り出した。黒岩の挨拶に続き、乾杯をする。鍋をつついた。

賑《にぎ》やかな宴会の席で、私はふと淋しさを感じていた。私は門外漢だ。周りが盛り上がれば盛り上がるほど、孤独を感じる。

徳丸がビールの瓶を持って私のそばにやってきた。

「赤城ってのは、あなたの知り合いですか？　私のところに来てあれこれ聞いていきましたが……」

「ええ。私の患者です」

「患者……？」

「私は整体師なんですよ」

「へえ……。てっきり探偵かと思ってましたよ」

「ちょっと知り合いの手伝いをしていたんです」

「私が警察をやめたいきさつを知ってますか？」

「ええ。赤城さんから聞きました」

「犯人はまだ見つかっていない」

「はい」

「黒岩さんも真島さんも、明るく元気に見えますが、そう振る舞っているだけなんです」

「そうなのでしょうね」

「私はね、本気で犯人を捕まえたい。そのために、ＣＲを作ったようなものなんです」

「警察を辞める必要があったのですか？」

「私は、ずっと少年犯罪について問題意識を持っていました。しかし、警察というところは、自分が関心を持っている事案ばかりを担当するわけにはいかない。それに、とても不自由なのですよ。黒岩武が死亡した事件でも、私が担当していたのは、鑑取りの捜査です。行きずりの犯罪で、鑑取りの捜査をしても何も出てはきません。それでも、捜査はしなければならない。私は、もっと自由にやりたかったのです」

「自由ですか」

「そう。黒岩さんとは、そういう点で話が合うんです。黒岩さんは、修拳会館でずっと不自由さを感じていたはずです。独立して自由を得たのですよ」

自由を得るためには、何か代償が必要だ。私はそう考えている。無条件の自由などありえない。それは単なる独善だ。

黒岩は自由のために、経済的な負担と試合ができないというハンディーを背負った。おそらく、徳丸も何らかの代償を支払ったのだろう。

「人狼親衛隊の連中はどうなりました？」

「家庭裁判所に送られました。逆送されるかどうかは、これから決まるでしょう。連中のことについては、責任を感じています」

「私の知人は、まだ入院しています。私も襲撃されました」

徳丸は、神妙な顔つきになった。

「いや、その点については、申し訳なく思っています。いずれ、あらためてお詫びにうかがいます」

「あなたは、一度でも見舞いに行きましたか？」

徳丸は、さらに小さくなった。

「いえ、まだです。彼らが能代さんに怪我をさせたことを、知らなかったのです」

「彼らが逮捕されたときに、知ったはずです」

「ええ、まあ……」

「責任を感じているというのなら、病院に飛んでいって謝るべきでしたね」

徳丸は頭を垂れた。

「おっしゃるとおりです」

私はそれ以上何も言いたくはなかった。

話題を変えた。

「あなたは、警察を辞めてからもずっと黒岩さんの息子さんを死なせた犯人を追っているのですね？」

「はい。警察に比べて、組織力には限界がありますが、期間の制限もないし自由に動き回れる利点があります」

「CRの組織力を動員しているのですね？」

「ビラを配ったり、目撃情報を集めたりしています」

「そういう活動は、警察への助けになるでしょう。報われることを祈ってますよ」

徳丸は、深々と頭を下げた。

帰り道、池袋で地下鉄に乗り換えようとしていると、酔漢が駅の構内に座り込んでいた若者にからんでいた。

そういえば、三軒茶屋で若者二人に殴り殺されたサラリーマンも、しつこく若者にからんだのだそうだ。マスコミはキレる若者のことばかりを取り上げたが、非は中年サラリーマンのほうにもあったのだ。

私は、その場を行き過ぎようとして立ち止まり、若者に嫌がらせをしているサラリーマン風の男に言った。

「よしなさい。大人げない」

酔漢が濁った眼を私に向けた。焦点が合っていない。

「なんだ、おまえは……」

「彼らがあなたに何かしたわけじゃないでしょう。放っておきなさい」

「おまえは、こんなやつらの味方をするのか?」

「敵でも味方でもありませんよ」

「こういうやつらがな、悪いことをして歩くんだよ」

若者たちは、憎しみのこもった眼で私と酔漢のやりとりを見つめている。

「いいから、行きなさい」

「こんなやつらばっかりだ。まったく……。日本の将来はどうなるんだ」

「将来も大切ですが、今現在の日本を考えるべきですね」

「何だと？」

「こんな国にしてしまったのは、私たち大人の責任なんですよ。彼らに文句を言う前に、それを反省すべきですね」

酔漢はふらつきながら、必死に私の顔に眼の焦点を合わせようとしていた。それから、ふんと鼻で笑うと、急に興味をなくしたように、千鳥足で歩き去った。

私はその場を去ろうとした。若者たちは、敵意のこもったような眼で私を見ている。何も言わなかった。

私は杖をつき、地下鉄の乗り場に向かった。普段でも混み合う池袋の駅だが、年末とあってごった返している。

杖をついている私にとっては、歩きにくいことこの上ない。足早に歩く人々が私を追い抜き、私とすれ違う。そのたびに肩がぶつかる。避けようがない。

どんと背後から人がぶつかり、ほとんど同時に前から早足で来たジャンパー姿の男の足が私の杖に当たった。

杖を払われたような恰好になった。私はバランスを保てず、前のめりに倒れた。杖が手から離れ、床を滑っていった。空手をやっていようが、棒術をやっていようが、足が不自由なことには変わりはない。こんなとき、私は実に無力だ。

人の流れは絶え間ない。私は、手を伸ばして杖を拾うこともできなかった。

突然、後ろから肘を摑まれた。私は助け起こされたのだ。誰かが杖を拾って持ってきてくれた。

見ると、先ほど酔漢に絡まれていた若者たちだった。彼らは、何も言わず私に杖を手渡すと、立ち去ろうとした。

「ありがとう。助かった」

私が言うと、振り返り、かすかにうなずいた。にこりともしない。愛想は悪いが、それだけで彼らを判断してはいけないのだと思った。

私は再び、杖をついて歩きはじめた。

こちらが拒否すれば、当然向こうも拒否する。当たり前の話だ。迎合する必要はない。無理に話をする必要もない。ただ、拒否さえしなければいいのだ。それなりに、認め合うだけでいい。

世の中捨てたもんじゃない。

そんなことを考えていた。

冷たい雨が降る朝、能代が退院した。

そして、人狼親衛隊の五人が送検されたという報道が流れた。

私一人で能代に会いに行ってもたいした役には立たない。『パックス秘書サービス』に相談したら、社長の雨宮由希子が自ら手伝いにやってきてくれた。

こまごまとした退院の手続きをてきぱきとこなした。彼女は担当の医者や看護婦たちへの手みやげまで用意していた。

タクシーが来ると、私と由希子は、能代の自宅まで送っていこうとした。能代は大げさだと言い、一人でタクシーに乗り込んだ。

「すっかり世話になった」

能代は私と由希子に言った。

タクシーが去ると、今度は私が由希子に礼を言う番だった。

「助かりました。こういうときには、男は役に立ちませんね。特に、足の悪い男は……」

「我が社に相談してくれてよかったわ」

「いつも、こんなにサービスがいいのですか？」

「先生のところは特別よ」

「それは光栄ですね」

「飲みに行く話だけど、今夜はどう？」

予定はなかった。

「だいじょうぶです」

「じゃあ、夕方にまた電話するわ」

由希子もタクシーを拾って社に戻った。

私は、電車で帰ることにした。筋肉というのは甘やかしているとすぐに弱ってしまう。膝の周りの筋肉を鍛えて、靭帯《じんたい》の代わりにその筋肉でサポートしなければならない。

雨の中を歩きながら、私はCRについて考えた。人狼親衛隊が逮捕されたことで、CRの責任を追及する声もある。週刊誌の中には、露骨に徳丸を攻撃するものもあった。

徳丸は、謝罪を繰り返していた。だが、CRを解散するつもりはなさそうだった。警察も、そこまでの責任は追及していない。

徳丸が警察のOBであることが、多少は影響しているのだろうか。私はそう考えた。多分、影響しているのだろう。世の中というのはそういうものだ。

それが悪いこととは限らない。徳丸が、少年や若者の犯罪を減らそうと真剣に考えていることは事実だ。

私と相容れない部分があるにせよ、認めるべきところは認めなければならない。何といっても、徳丸はいまだに黒岩武を死なせた若者たちを追っているのだ。その執念は立派なものだ。

この世に非の打ち所のない人間などいない。たいていは欠点だらけだ。この私もそうだ。

私は冷たい雨の中をゆっくりと歩いた。アスファルトが濡《ぬ》れ、葉の落ちた街路樹が濡れ、ビルが濡れ、看板が濡れている。車のブレーキランプが濡れた地面に反射する。

人間というのは、ひょっとしたら、他人の長所よりも欠点を愛するのではないか。ふとそんなことを思った。

11

「犯人が逮捕されました」

黒岩からそういう電話が来たのは、暮れも押し迫ってからのことだ。

犯人グループは三人組で、元暴走族だった。過去に暴走行為で彼らの仲間が検挙されていた。それが、最終的な手がかりになったということだ。

「そうですか」

私は言った。「これで一段落ですね」

犯人が捕まったからといって、彼の息子が戻ってくるわけではない。だが、気持ちには一区切りつくはずだった。

「警察に任せてよかった。いまではつくづくそう思います。本当に取り返しのつかないことになるところでした。もう一度、礼を言います」

「あなたも真島君も、そのことはよくわかっていた。本当は、復讐などせずに法にゆだねるべきだとわかっていたはずです。私は、お二人の決断にほんの少し手助けをしたにすぎません」

「年明けにまた、治療にうかがいます」

「待ってますよ」

電話が切れた。

私はすぐに赤城に電話をした。

いつもの不機嫌そうな声が聞こえた。

「約束を守ってくれたようですね」

「何の話だ？」

「黒岩さんの息子を死なせた犯人が捕まったそうじゃないですか」

「耳が早いな、先生。まだ報道されていないはずだ」

「黒岩さんから今し方、電話がありました」

「そういうわけか」

「見直しましたよ。あなたは、約束をやぶらない」

「別に約束を果たそうとしたわけじゃない。仕事だ。仕事をしただけのことだ」

「人狼親衛隊の連中はどうなります？」

「執行猶予が付くだろう。徒党を組んで暴力を振るったとはいえ、犯罪性がそれほど強いわけじゃない」

「黒岩さんの息子を死なせた犯人の量刑は？」

「死刑だ」

「死刑？」

「人を殺したやつは死刑で当然だ。それが俺の本音だ。だが、そういうことを言うと人権団体なんかがうるさい」

「なるほど」

「実際の量刑については、俺はわからんよ。裁判所の仕事だ」

「そうですね」

「黒岩さんのためにも、なるべく重くすべきだと思う。特に少年犯罪の刑は軽すぎて、犯罪の抑止効果がない。問題だと思うがな……」

今日の赤城は口が軽い。機嫌がいいのだろう。不機嫌そうな声はいつものことなのだ。

赤城は、じゃあまたな、と言って電話を切った。


おそろしく気が急《せ》く年末が過ぎ、おそろしく退屈な正月がやってきた。一人で迎える正月ほど味気ないものはない。

三が日が過ぎて、私は仕事を始めた。松が取れるまで休んでいるなどまっぴらだ。

整体院を開けたその日に、笹本有里がやってきた。年始の挨拶を兼ねて治療に来たというのだから、ちゃっかりしている。

有里がタク、ジェイ、カーツの三人を従えていたので、私は驚いた。

「この子たちも、お年始に来たんだよ」

有里が言うと、三人の中学生は、ぺこりと頭を下げた。

体育会系の有里は、すっかりこの三人を手なずけてしまったようだ。彼らだって、きれいなお姉さんが嫌いであるはずがない。

「それは律儀なことだな。お年玉でもはずまなきゃな」

相変わらず毛糸の帽子をかぶっているカーツが言った。

「お年玉はいいよ。その代わり、例の件、考えておくって言っただろう」

有里が、カーツを睨んだ。

「目上には敬語を使う」

カーツが、ちょっとふくれっ面になった。

「例の件」とは大人びた口をきく。彼らは背伸びをしたいのだ。街で遊んでいるのもそのためなのかもしれない。

「例の件？　何のことだ？」

「棒術だよ……」

カーツは有里をちらりと見て言い直した。「棒術ですよ。教えてくれるって……。俺たち、本気なんですよ」

そういえば、そんな話をしたな……。

「年始の挨拶って、口実なの」

有里が言った。「ホントはそのことを言いに来たみたいよ」

「なんだよ……」

ジェイが言った。「あんたは、敬語、使わなくていいのかよ」

「あたしと先生の仲だからいいの。それに、あたしも目上だよ」

「ねえ」

ジェイが私に言った。「いいでしょう。教えてくださいよ」

わざわざ自宅まで訪ねてきたのだ。やる気はあるのだろう。だが、私も整体院をおろそかにするわけにはいかない。

人にものを教えたこともない。修拳会館にいた頃は自分の稽古に必死で、後輩の面倒など見なかった。

自分勝手な選手だった。だが、どんな選手だってそうだろうと思った。後輩の育成を考えるのは、試合から遠ざかってからのことだ。

私は、先日の黒岩道場の熱気を思い出していた。道場生たちの汗と気合い。長い間遠ざかっていたものだ。

そして、納会での孤独感を思い出していた。

私は言った。

「俺は人にものを教える柄じゃない」

三人は顔を見合わせた。

カーツが怒りを含んだ声で言った。

「だめなのかよ」

私はカーツを見て言った。

「だから、教えるとなると、手加減ができないかもしれない。厳しいぞ」

三人はぱっと顔を輝かせた。こういう反応はまだまだ子供だ。

「厳しいのは覚悟の上だ」

ジェイが言った。

私は、タクに言った。タクはリーダー格だ。

「君は、さっきから黙っているが、どうなんだ？　やる気はあるのか？」

タクは、肩をすくめ、照れくさそうに言った。

「ああ。じゃなきゃ、来ねえよ」

「もう！」

有里がまた言った。「目上には敬語を使う！」

タクは言い直した。

「じゃなきゃ、来ません」

「いいだろう」

私はうなずいた。「だが、条件がある」

「条件？」

タクが聞き返す。

「そうだ。私だってけっこう忙しい身だ。君たちのために練習場所を見つけたりしている時間はない」

「練習場所か……」

「公営の施設など、使えるところはけっこうあるはずだ。それを自分たちでちゃんと見つけてくること」

三人はまた顔を見合った。自信がないのだ。だが、何事も経験だ。

「それから」

私は言った。「十人集めること。それ以下の人数なら、俺はやらない」

別に三人でもかまわないのだ。金を取る気はない。タクたちのやる気をテストしたいのだ。

彼らがちゃんと人数を集め、練習場所を確保したら、彼らのやる気を認めてやろう。

「やるよ」

カーツが言った。「人を集めて、練習場所を見つければいいんだろう?」

「そして、決して途中で音を上げないと約束すること。その三つが条件だ」

ジェイが言う。

「わかったよ。待っててくれ……、じゃない、待っててください。きっと近いうちにまた来ます」

彼らは、もう一度礼をして、帰っていった。三人でしきりに何事か話しながら歩いていく。

有里がその後ろ姿を見て言った。

「見かけほど悪い子じゃないんだよね」

「わかってる」

「先生も見かけほど、怖くないし」

「見かけは怖いのか?」

「とっつきは悪いわね。子供とかなつかないでしょう」

「おまえがなついている」

「失礼ね。子供じゃないよ」

「さ、治療だ」

私は、玄関から中へ招き入れた。

路地を木枯らしが吹き抜けるが、穏やかな正月だ。冬の冷たい青空が見える。私は久しぶりに空を仰いだような気がしていた。

この作品は徳間文庫のために書下されました。

徳間文庫をお楽しみいただけましたでしょうか。どうぞご意見・ご感想をお寄せ下さい。
宛先は、〒105－8055　東京都港区東新橋1－1－16　㈱徳間書店「文庫読者係」です。

徳間文庫

人《じん》狼《ろう》

2001年12月15日 初刷

著者 今《こん》野《の》敏《びん》

発行者 松《まつ》下《した》武《たけ》義《よし》

東京都港区東新橋一―一 〒105―8055

発行所 株式会社 徳間書店

電話（〇三）三五七三・〇一一一（大代）

振替 〇〇一四〇―〇―四四三九二

印刷 凸版印刷株式会社

製本

〈編集担当 村山昌子〉

ISBN4-19-891622-5 （乱丁、落丁本はお取りかえいたします）

徳間文庫の最新刊

〈SF・ジュブナイル〉

海神の戦士 今野敏
聖拳伝説《全三冊》 今野敏
宇宙海兵隊①② 今野敏
闘魂パンテオン 今野敏
闘神伝説《上下》 今野敏
拳鬼伝 今野敏
襲撃 今野敏
人狼 今野敏
銀河番外地 高千穂遙
聖獣の塔 高千穂遙
異世界の勇士 高千穂遙
目覚めしものは竜 高千穂遙
魔道神話《全三冊》 高千穂遙
刻謎宮 高橋克彦
不思議学園の幽霊騒ぎ 竹河聖
殺戮のための超・絶・技・巧 竹本健治
カケスはカケスの森 竹本健治
殺人ライブへようこそ 竹本健治

大放浪 田中光二
キツネ狩り 田中光二
鉄の巨魚 田中光二
パンサー、罠を跳べ 田中光二
銀河の聖戦士 田中光二
銀河の聖戦士《戦いはわが運命》 田中光二
ロストワールド2 田中光二
悪霊の街 田中光二
ぼくはエイリアン 田中光二
風葬の街 田中光二
魔犬 田中光二
最後の障壁 田中光二
魔の氷山 田中光二
灼熱の水平線 田中光二
失なわれたものの伝説 田中光二
怒りの大洋 田中光二
銀河十字軍 田中光二
ハーマゲドンの嵐 田中光二
地球の光と影 田中光二

天界航路 田中光二
大いなる逃亡 田中光二
ザ・サイキック《全二冊》 田中光二
荒野と拳銃 田中光二
血と黄金 田中光二
男たちの砂塵 田中光二
異星の人 田中光二
国家殺し 田中光二
地の涯幻の湖 田中光二
大いなる魚影 田中光二
幽霊海戦 田中光二
熱帯戦線 田中光二
鋼鉄海峡 田中光二
秘宝狩り 田中光二
巨獣戦線 田中光二
死霊捜査線 田中光二
大魔島 田中光二
大密林《母なる森の血よ》 田中光二
幽霊空戦1995ガダルカナル 田中光二

徳間書店

徳間書店

ヒトラーの黄金　田中光二
コガネムシの棲む町　田中文雄
流星航路　田中芳樹
戦場の夜想曲　田中芳樹
夢幻都市　田中芳樹
ウェディング・ドレスに紅いバラ　田中芳樹
アップフェルラント物語　田中芳樹
銀河英雄伝説1黎明篇　田中芳樹
銀河英雄伝説2野望篇　田中芳樹
銀河英雄伝説3雌伏篇　田中芳樹
銀河英雄伝説4策謀篇　田中芳樹
銀河英雄伝説5風雲篇　田中芳樹
銀河英雄伝説6飛翔篇　田中芳樹
銀河英雄伝説7怒濤篇　田中芳樹
銀河英雄伝説8乱離篇　田中芳樹
銀河英雄伝説9回天篇　田中芳樹
銀河英雄伝説10落日篇　田中芳樹
銀河英雄伝説外伝1　田中芳樹
バブリング創世記　筒井康隆

日本SFベスト集成《既刊六冊》　筒井康隆編
旅のラゴス　筒井康隆
倭の女王・卑弥呼　豊田有恒
親魏倭王・卑弥呼　豊田有恒
カンガルー作戦　豊田有恒
ダイノサウルス作戦　豊田有恒
ビバ日本語！　豊田有恒
無窮花作戦　豊田有恒
荒野のフロンティア《陸奥の対決第一部》　豊田有恒
雪原のフロンティア《陸奥の対決第二部》　豊田有恒
暗号名は虎　豊田有恒
あなたもSF作家になれるわけではない　豊田有恒
黒真珠作戦　豊田有恒
暗号名は鬼　豊田有恒
騎馬民族の思想　豊田有恒
騎馬民族の源流　豊田有恒
聖徳太子の叛乱　豊田有恒
いて座の少女　中尾明
レヴァイアサン戦記 帝都東京分裂　夏見正隆

レヴァイアサン戦記2 東日本共和国侵攻　夏見正隆
レヴァイアサン戦記3 激突！西日本帝国　夏見正隆
レヴァイアサン戦記4 女王蜂出撃！　夏見正隆
レヴァイアサン戦記5 レヴァイアサン殲滅　夏見正隆
虚空王の秘宝《上下》　半村良
死に急ぐ奴らの街　火浦功
闇の守り《上下》　ひかわ玲子
新幻魔大戦　平井和正
真幻魔大戦1〜18　平井和正
できそこない博物館　星新一
太陽風交点　堀晃
SF街道二人旅　堀晃　かんべむさし
滅びざるもの　眉村卓
鳴りやすい鍵束　眉村卓
遙かに照らせ　眉村卓
不定期エスパー《全八冊》　眉村卓
精神集中剤　眉村卓
秘伝・宮本武蔵《上下》　光瀬龍
新宮本武蔵1 2　光瀬龍